مٹی کا فساد

(تاریخی ناولٹ)

الیاس سیتاپوری

Mitti ka Fasaad *(Historical Fiction)*

by: Ilyas Sitapuri

Edition: April '2025

Publisher :

Taemeer Publications LLC (Michigan, USA / Hyderabad, India)

ISBN 978-93-6908-381-7

9 789369 083817

کتاب	:	**مٹی کا فساد** (ناولٹ)
مصنف	:	**الیاس سیتاپوری**
صنف	:	تاریخی فکشن
ناشر	:	تعمیر پبلی کیشنز (حیدرآباد، انڈیا)
سالِ اشاعت	:	۲۰۲۵ء
صفحات	:	۶۸
سرورق ڈیزائن	:	تعمیر ویب ڈیزائن

اندلس میں حکم بن ہشام کا جب انتقال ہوا تو اس کے بیٹے عبدالرحمٰن کی عمر اکتیس سال کی تھی۔ کہتے ہیں یہ عبدالرحمٰن اضداد کا مجموعہ تھا۔ اس اکتیس سالہ ولی عہد نے جب مسندِ خلافت پر قدم رکھا تو ملک کے حالات بہت سازگار اور پُرسکون تھے۔ اسے دورانِ خلافت و حکمرانی جن چار شخصیتوں سے گہرا واسطہ رہا، وہ مشہور فقیہہ امام یحییٰ، مشرق کا مشہور مغنی زریاب، بے مثل حسن اور دلربا اداؤں کی پیکر ملکۂ طرب اور بڑا کا ذہین اور فرمانبردار غلام نصر تھے۔ ان چاروں کی شخصیتوں اور ان کے کاموں پر نظر ڈالے تو عبدالرحمٰن کی مجموعہ اضداد ذات کو سمجھنے میں کچھ مدد مل جائے گی۔

عبدالرحمٰن کا باپ حکم گناہوں کا علی الاعلان ارتکاب کرتا تھا اور اس پر ذرا بھی شرمسار نہ ہوتا تھا۔ فقہانِ شہر اور علمائے عصر کو حکم کے طور طریق ذرا بھی پسند نہ تھے، انہوں نے مل جل کر حکم کے خلاف علمِ بغاوت بلند کر دیا۔ امام مالک کے عظیم القدر شاگرد امام یحییٰ نے اس بغاوت کی نگرانی کی، لیکن خونخوار اور سخت گیر حکم نے اس بغاوت کو سختی سے کچل دیا۔ امام یحییٰ گرفتار کر لئے گئے۔ بہت سے فقیہہ اور عالم قتل کر دیئے گئے۔ حکم کے ظلم اور سفاکی نے باغیوں کے حوصلے پست کر دیئے۔ جب اسیر امام یحییٰ کو حکم کے روبرو پیش کیا گیا تو اس نے نفرت سے سوال کیا۔ "یحییٰ! سچ سچ بتا کیا تیرے دل میں اب بھی میرے لئے نفرت کا جذبہ موجود ہے؟"

بہادر فقیہہ نے جواب دیا۔ "ہاں میں اب بھی تجھ سے نفرت کرتا ہوں اور اس یقین کے ساتھ کہ تجھ سے نفرت کرنا عین اطاعتِ خداوندی ہے۔"

اس اشتعال انگیز جواب سے حکم مشتعل نہیں ہوا۔ اس نے خلافِ

معمول ہنس کر اس بہادر فقیہہ سے کہا۔" یحییٰ! وہی خدا جس نے تجھے مجھ سے نفرت کا حکم دیا ہے، مجھے چشم پوشی کا حکم دے رہا ہے۔ جا، تو آزاد ہے۔ میری طرف سے تجھے اجازت ہے کہ جہاں چاہے خدا کے سایۂ رحمت میں زندگی بسر کر۔"

اس غیر متوقع فراخدلانہ جواب نے امام یحییٰ کا دل جیت لیا چنانچہ جب حکم کا اکتیس سالہ بیٹا عبدالرحمٰن برسر اقتدار آیا تو امام یحییٰ نے اس سے کہا۔" ابنِ حکم! قیامت زیادہ دور نہیں ہے کیا تم یہ پسند نہیں کرو گے کہ میں تمہیں قیامت کے دن شرمندہ اُٹھنے سے بچا لوں؟"

عبدالرحمٰن نے عاجزی سے جواب دیا۔" میں آپ کا ہر حکم ماننے کو تیار ہوں۔ یہاں تک اگر مجھ سے اپنے حرم میں بھی کوئی نازیبا اور خلافِ شرع حرکات سرزد ہو جائیں تو بھی آپ کو یہ حق حاصل رہے گا کہ آپ سرزنش فرمائیں اور مجھ پر حدِ شرعی جاری فرما دیں۔"

امام یحییٰ نے مسرت کا اظہار کیا بولے۔" اللہ نے چاہا تو میں تیرے خارج اور باطن کو آلودگیوں سے بچا لوں گا!"

امام یحییٰ کو عبدالرحمٰن نے اپنا مشیر بنا لیا۔

قصرِ ابیض کے باب الجامع سے نکل کر عبدالرحمٰن جامع قرطبہ میں داخل ہو گیا۔ غلام نصر اس کے ساتھ چل رہا تھا، بادشاہ شمال مغربی دروازے سے مسجد میں داخل ہو گیا۔ وہ دو طرفہ حوض اور باغیچوں کے بیچ گزر کر ان ستونوں کی صف میں داخل ہو گیا جو اس کے دائیں بائیں دور تک پھیلے چلے گئے تھے۔ ان ستونوں سے گزر کر بادشاہ مسجد کی محراب میں داخل ہو گیا۔ یہاں منقش شاہ بلوط کی رحل پر قرآن پاک رکھا ہوا تھا۔ بادشاہ قرآن کے سامنے سجدے میں گر گیا اور دیر تک آنسو بہاتا رہا۔ وہ سسکیاں لے لے کر اپنے خدا سے دعا مانگ رہا تھا۔" الہٰ العالمین! تو میری خوبیوں اور کمزوریوں سے واقف ہے تو ان میں اعتدال قائم کر دے اور مجھے توفیق دے کہ میں اپنے معاملے میں بھی عدل و انصاف سے کام لے سکوں۔!"

اس کے بعد اس نے سر اُٹھا کر نصر کو مخاطب کیا۔" نصر! تیرے باپ دادا عیسائی تھے لیکن خود تو نے اسلام قبول کر لیا۔ اب یہ بتا کہ کیا تو دل

سے مسلمان ہوا ہے یا ملازمت اور دولت کی خاطر اسلام قبول کر لیا ہے ؟"

نصر نے فوراً جواب دیا۔" میں نے اسلام کو اس کی سچائیوں کی وجہ سے اختیار کیا ہے۔ ورنہ دینِ مسیحی بُرا تو نہیں تھا۔"

بادشاہ نے قرآن کی طرف اشارہ کرتے ہوئے کہا۔" تب پھر تو خدا کے کلام کی قسم کھا کر مجھے اس بات کا یقین دلا کہ تو ہمیشہ میرا وفادار رہے گا۔!"

نصر نے فوراً ہی اللہ کے کلام کو ہاتھ میں لے کر وفاداری کی قسم کھائی بادشاہ نے کہا۔" نصر! تو نے میرا دل خوش کر دیا۔ اللہ نے چاہا تو میں بھی تجھے خوب نوازوں گا۔"

جامع مسجد سے جب وہ شاہی محل میں واپس آ گیا تو اس کی بیگمات میں سے کسی ایک میں بھی اتنی ہمت نہیں تھی کہ وہ بادشاہ کی مرضی اور اجازت کے بغیر اس کے روبرو حاضر ہو جائیں۔ انہوں نے اپنے اپنے دروازے کھلے رکھے اور انتظار کرتی رہیں کہ بادشاہ سلامت ان کے کمرہ میں قدم رنجہ فرمائیں۔

شاہی محل کے جھروکوں سے بیگمات جھانک کر یہ دیکھ رہی تھیں کہ دیکھیں بادشاہ جاتا کس کے پاس ہے۔ بادشاہ نے ایک جگہ کھڑے ہو کر اپنی بیگمات کے جھروکوں کی طرف دیکھا اور پھر ملکۂ طروب کی خدمت میں روانہ ہو گیا۔ طروب پہلے ہی سے چشم براہ تھی۔ اس نے چند قدم چل کر بادشاہ کا استقبال کیا، مسکراتی ہوئی بولی۔" ظل اللہ! میری خوش نصیبی کہ تخت نشینی کے بعد آپ نے مجھ ناچیز کا اتنا خیال رکھا کہ سب سے پہلے یہاں تشریف لائے، امیرالمومنین کا میں کس زبان سے شکریہ ادا کروں۔"

بادشاہ نے سراپا اشتیاق بن کر جواب دیا۔" طروب! تو لونڈی کی حیثیت سے میرے حرم میں داخل ہوئی تھی، لیکن آج تو میرے حرم، میری مملکت کی ملکہ ہے!"

"وہ سب بجا۔" طروب کے ہونٹوں پر شوخی کھیل رہی تھی۔" لیکن آج مجھے معلوم ہوا کہ اس ملک میں میری حیثیت ثانوی ہے!"

"وہ کیس طرح ؟" بادشاہ نے اس کا ہاتھ ہاتھ میں لے لیا۔

طروب کو بولنے میں پس و پیش تھا۔ بے دلی سے بولی۔" اس وقت میں جو کچھ کہنا چاہتی ہوں، امیر المومنین اگر نہ سُنیں تو بہتر ہے ورنہ ڈر ہے کہ اس ناچیز کی باتیں گراں خاطری کا باعث بن جائیں گی۔"

بادشاہ نے محبت سے طروب کی پیشانی چوم لی، بولا۔" طروب۔ بخدا تو میری بات کا یقین کر، تیری پیشانی انوارِ حسن سے یوں منور ہے جیسے سیائے ایمانی اور نورِ تقویٰ سے مسجد کی محراب۔"

طروب کا چہرہ خوشی سے تمتما گیا۔ بادشاہ کی آغوش میں سمٹ گئی بولی۔" کیا یہ غلط ہے کہ ظل اللہ نے یحییٰ فقیہہ کو حد سے زیادہ اختیارات دے دیئے ہیں؟ کیا یہ صحیح نہیں ہے کہ یحییٰ فقیہہ وہی شخص ہے جس نے امیر المومنین کے پدرِ بزرگوار کے خلاف علم بغاوت بلند کیا تھا، لیکن ناکام رہا اور مرحوم بادشاہ نے علوئے ہمتی اور فراخ دلی سے کام لے کر اسے معاف کر دیا تھا۔"

بادشاہ نے جواب دیا۔" یہ درست ہے لیکن ان باتوں کا مقصد؟"

طروب نے کہا۔" میں اُس دِن سے ڈرتی ہوں جب یحییٰ فقیہہ آپ کی محل سرا میں بھی دخیل ہو جائیں گے۔ میں یحییٰ کی عزت کرتی ہوں لیکن مجھے یہ بات بھی پسند نہیں کہ وہ ہم دونوں کی محبت میں حائل ہوں۔"

بادشاہ نے طروب کی زُلفیں ہاتھ میں لے کر نتھنوں سے لگا لیں اور اُن کی بھینی بھینی خوشبو سے لطف اندوز ہونے لگا۔ اس نے اپنی دونوں آنکھیں اس طرح بند کر لیں گویا اُسے زُلفوں کا نشہ چڑھ گیا ہو، لڑکھڑاتی آواز میں بولا۔" طروب! تو میری زندگی ہے اور تو میری اس محبت کا شاید اندازہ نہیں کر سکتی جو تیرے لئے میرے دِل میں موجزن ہے۔ میں اس وقت تک حرم کی دوسری عورتوں سے لطف و لذت حاصل نہیں کر سکتا جب تک میں تیرا تصور نہ کر لوں۔ یحییٰ کا مرتبہ اور مقام اپنی جگہ لیکن یہ بھی ایک اٹل حقیقت ہے کہ وہ تیرے معاملات میں دخل نہیں دے سکتے۔"

طروب نے بادشاہ کی سیاہ داڑھی اور سر کے سیاہ بالوں کے درمیان اس کا سُرخ و سفید چہرہ اپنے چہرے کے قریب ہوتے محسوس کیا۔ یہاں

تک کہ بادشاہ کی گرم اور تیز سانسیں اسے اپنے رخساروں اور ناک کی لَو پر ہلکی ہلکی آنچ کی طرح محسوس ہونے لگیں۔ اس نے اپنے مُنہ پر دونوں ہاتھ رکھ لئے اور بولی۔ "نہیں، ابھی، اِس وقت نہیں، میرے سَر میں شدید درد ہو رہا ہے۔ میرے پورے جسم میں، خون کے ساتھ تپ دوڑ رہی ہے۔"

بادشاہ نے اس کے ہاتھوں کو ہٹانے کی کوشش کی۔ بولا "طروب! میں تیرا مطلب خوب سمجھتا ہوں، میں تیرا مزاج داں ہوں۔ شاید تو مجھ سے تحفہ لینا چاہتی ہے؟"

طروب نے جواب دیا "وہ تو میرا حق ہے۔ میں بادشاہ کے تحفوں کو تبرکات کی طرح قبول کرتی ہوں۔"

بادشاہ نے طروب کے دونوں ہاتھ زبردستی اس کے چہرے سے ہٹا دیئے اور اسے اپنی آغوش میں لے لیا۔ پوچھا۔ "بول، تو مجھ سے تحفے میں کیا لینا پسند کرے گی؟"

طروب نے جواب دیا۔ "آج میں بادشاہ سے ایک ایسا تحفہ لوں گی جس کی قیمت سے میں خود اپنی قیمت کا تعین کروں گی۔"

بادشاہ نے پوچھا۔ "تیرا مطلب؟"

طروب نے کہا۔ "میں دیکھنا چاہتی ہوں کہ بادشاہ نے اپنے دِل میں میری کیا قیمت مقرر کی ہے!"

بادشاہ نے اسے ایک دم چھوڑ دیا۔ بولا۔ "اچھا یہ بات ہے۔" اس کے بعد وہ اُس سے الگ ہو گیا۔ بولا۔ "طروب! اب میں تجھ سے اسی وقت ملوں گا جب تجھے تیری حیثیت کے مطابق کوئی تحفہ دے چکا ہوں گا۔"

طروب نے بادشاہ کی عبا پکڑ لی اور دو زانو ہو کر اس کے قدموں میں بیٹھ گئی، بولی۔ "میرا اِس سے یہ مقصد ہرگز نہ تھا کہ میں بادشاہ کو ناراض کر دوں میں آپ کو یوں ہرگز نہ جانے دوں گی۔"

بادشاہ نے مسکرا کر اس کے گال پر ایک چپت رسید کی۔ محبت سے بولا۔ "میں ناراض نہیں ہوں جانِ خلافت، میں نے جو کچھ کہا خوش دِلی سے کہا۔"

طروب دامن چھوڑ کر بادشاہ کے پیروں سے لپٹ گئی، موٹے موٹے

آنسو بہاتی ہوئی بولی۔ "نہیں، اِس سے میرا دِل مطمئن نہیں ہو گا۔ اور اِس وقت میں بادشاہ کو یوں نہیں جانے دوں گی۔"

بادشاہ کے دل پر طروب کی باتوں نے بڑا اثر کیا۔ اور اس کے آنسوؤں نے تو بادشاہ کے دل کو مَسل کے رکھ دیا۔ طروب کے ساتھ ہی وہ بھی فرش پر دوزانو ہو گیا اور اس نے اسے اپنی آغوش میں لے کر طروب کی ساری کدورت دھو ڈالی۔ کافی دیر بعد جب شاد کام بادشاہ طروب کے پاس سے رخصت ہونے لگا تو طروب نے مسکرا کر اسے یاد دلایا۔ "بادشاہ نے جس تحفے کا مجھ سے وعدہ کیا ہے اُسے میں لئے بغیر نہ رہوں گی، کیونکہ میں اسے تحفے کے طور پر نہیں تبرک کی طرح قبول کروں گی۔"

عبدالرحمٰن نے جواب دیا۔ "ضرور، ضرور۔ تجھے تحفہ ضرور ملے گا۔"

★ ★ ★

غلام نصر نے درباری موسیقار منصور کا ایک عریضہ بادشاہ کی خدمت میں پیش کیا۔ اس میں منصور نے بادشاہ کو مطلع کیا تھا کہ مشرق کا مشہور موسیقار زریاب اپنے اہل وعیال کے ساتھ مرحوم خلیفہ حکم کے ایما پر قرطبہ آ رہا تھا لیکن جب زریاب کو یہ معلوم ہوا کہ خلیفہ حکم انتقال فرما چکے ہیں تو وہ واپس جانے پر آمادہ ہو گیا، لیکن اسے بہت زیادہ سمجھا بجھا کر قرطبہ آنے پر آمادہ کر لیا گیا۔ اتنا کچھ کہہ کر درباری موسیقار منصور نے بادشاہ سے پوچھا تھا کہ زریاب کو قرطبہ لایا جائے یا نہیں۔ بادشاہ نے فوراً حکم جاری کر دیا۔ "اسے فوراً ہمارے پاس روانہ کر دیا جائے۔" اس کے بعد بادشاہ نے اپنے عمّال کو علیحدہ فرمان جاری کئے۔ ان فرمانوں میں انہیں ہدایات کی گئی تھیں کہ زریاب اور اس کے خاندان کا بطورِ خاص خیال رکھا جائے۔

اس کے بعد بادشاہ نے اپنے خواجہ سراؤں کے افسر کو حکم دیا۔ "تم خچر اور سواریاں لے کر بہت جلد زریاب کے پاس پہنچو، اور اس سے اپنے تعلقات استوار کرو۔"

خواجہ سرا سردار نے حامی بھر لی اور زریاب کے استقبال کو آگے بڑھا۔

یحییٰ فقیہہ نے بھی ہمت کر کے بادشاہ سے کہا۔ "بادشاہ کو ان فضول

اور غیر اسلامی احکامات کے اجراء میں اتنی دلچسپی نہیں لینی چاہیئے۔"

بادشاہ نے تنک کر غصے میں جواب دیا۔" یحییٰ! میں تمہارے اس اعتراض اور مشورے کو ماننے پر آمادہ نہیں ہوں۔"

یحییٰ نے غصے میں کہا۔" یہ میں کب کہتا ہوں کہ تم میری بات مانو، بلکہ میں یہ چاہتا ہوں کہ تم آلودگیوں سے بچے رہو۔"

بادشاہ نے یحییٰ سے زیادہ باتیں نہیں کیں۔ وہ اندر جانے لگا تو یحییٰ نے اسے زبردستی روک لیا۔ بولا" میں تجھ سے چند بہت ضروری باتیں کرنا چاہتا ہوں۔"

بادشاہ اور یحییٰ کی جھڑپ سے جھروکے میں بیٹھی ہوئی طروب بہت زیادہ لطف اندوز ہو رہی تھی، جیسے جیسے بادشاہ کا لہجہ تیز ہوتا، طروب کی خوشی میں اضافہ ہو جاتا۔ لیکن جب یحییٰ حاوی آجاتا اور بادشاہ نرم پڑ جاتا، تو پھر طروب کو بڑا دکھ ہوتا۔

یحییٰ نے غصے میں پوچھا۔" تو یہ بتا کہ تیرے مال وزر سے معمور خزانے کس کے لئے ہیں؟"

بادشاہ نے جواب دیا۔" رعایا کے لئے۔"

یحییٰ نے فوراً اپنی عبا سے ایک رقعہ نکال کر بادشاہ کی طرف بڑھا دیا۔ اور پوچھا۔" یہ رقعہ کس کا ہے؟"

بادشاہ نے رقعہ کھولا تو یہ اس کے اپنے ہاتھ کا لکھا۔ اس میں بادشاہ نے وزیر خزانہ کو حکم دیا تھا کہ وہ ایک لاکھ دینار کی قیمت کے زیورات طروب کو دے دے۔

بادشاہ نے رقعہ کو پھر تہہ کر دیا اور کہا۔" یہ میرا رقعہ ہے!"

یحییٰ نے جوش میں کہا۔" اتنی قیمتی شے خزانے سے نہیں نکلنا چاہیئے۔"

بادشاہ نے جواب دیا۔" لیکن جو اس قیمتی شے کو پہنے گی وہ اس سے زیادہ قیمتی ہے!"

طروب یہ جواب سن کر پھولی نہ سمائی۔ یحییٰ نے کہا۔" عبدالرحمٰن! اس وقت تو، تو جو کچھ بھی کہے گا، میں مان لوں گا لیکن اس کے ساتھ ہی میں یہ ضرور کہوں گا کہ تو یہ جو کچھ کر رہا ہے، بددیانتی ہے۔"

یحییٰ کی اتنی سخت بات بھی عبدالرحمٰن برداشت کر گیا۔ ایک لاکھ دینار کی قیمت کے زیورات طروب کی خدمت میں پہنچا دیئے گئے جنہیں پا کر طروب پھولی نہ سمائی۔

* * *

زریاب اپنے بیوی بچوں کے ساتھ شام کے وقت قرطبہ میں داخل ہوا۔ یہاں اسے رہنے کے لئے جو مکان دیا گیا تھا اس میں ضروریات زندگی کی ہر شے موجود تھی، زریاب نے پوچھا۔ "یہ کس کا مکان ہے؟"

اسے جواب دیا گیا۔ "آپ کا، ہمارا بادشاہ تمہارے فن کو قدر کی نگاہوں سے دیکھتا ہے۔"

اس رات بادشاہ نے زریاب اور اس کے لڑکوں سے ملاقات کی۔ یہیں یحییٰ فقیہہ بھی موجود تھے۔

بادشاہ نے زریاب سے کہا۔ "مجھے اس بات کا دکھ ہے کہ تجھے میرے باپ نے بلایا تھا لیکن وہ تیری آمد اور تیرے فن سے محظوظ اور لطف اندوز ہوئے بغیر اس دُنیا سے چلا گیا۔ اور جب تیری آمد کی خبر مجھے ملی تو میں نے تجھے فوراً طلب کر لیا۔"

زریاب نے ڈرتے ڈرتے اشارتاً سوال کیا۔ "کیا یہاں مجھے معاشی مسائل سے دوچار نہیں ہونا پڑے گا؟"

بادشاہ نے جواب دیا۔ "میں تیرا اور تیرے خاندان کا کفیل ہوں۔" اس کے بعد بادشاہ نے ایک کاغذ کے پرزے پر اپنا حکم لکھا۔ "آج کے تیسرے دن زریاب اور اس کے بیٹوں کو میرے روبرو پیش کیا جائے۔"

بادشاہ نے یہ پُرزہ اپنے وزیر کے حوالے کر دیا۔ اور کہا۔ "آج کے تیسرے دن زریاب اور اس کے بیٹوں کو میرے روبرو پیش کیا جائے۔"

یحییٰ فقیہہ نے جوش میں مخالفت کی۔ "یہ سب کچھ حرام ہے اور غربا کے خزانے کو فضولیات اور ممنوعات پر برباد اور ضائع کیا جا رہا ہے۔"

بادشاہ نے سوچا کہ یحییٰ کو تو ایسی باتیں کرنا ہی چاہئیں۔

بادشاہ یہاں سے اُٹھ کر اندر چلا گیا، طروب اسے اندر آتا دیکھ کر کھیں

چھپ گئی۔ اس وقت وہ ان زیورات سے لدی ہوئی تھی جنہیں شاہی خزانے سے نکالا گیا تھا اور جن کی قیمت ایک لاکھ دینار بتائی گئی تھی۔

بادشاہ دیر تک طروب کو تلاش کرتا رہا لیکن جب مایوس ہو گیا تو اس نے با آواز بلند طروب کو مخاطب کیا۔ "طروب! تو کہاں ہے؟ کیا تو ان زیورات سے خوش نہیں ہوئی؟ کیا یہ زیورات کم مالیت کے ہیں؟ کیا تو کچھ اور چاہتی ہے؟"

طروب نے کوئی جواب نہیں دیا، بدستور چھپی رہی۔ بادشاہ نے اسے پھر مخاطب کیا۔ "طروب! تو کہاں ہے؟ میں دیکھنا چاہتا ہوں کہ وہ زیور تیرے جسم پر کیسے لگ رہے ہیں؟"

طروب بدستور خاموش رہی اور بادشاہ اسے اضطراب اور بے چینی سے تلاش کرتا رہا۔ آخر تنگ آکر بادشاہ نے پوچھا۔ "کیا طروب مجھ سے ناراض ہے؟"

طروب جہاں بھی تھی وہاں چپکے چپکے ہنس رہی تھی۔ بادشاہ نے کہا۔ "میں وعدہ کرتا ہوں کہ اگر طروب مجھے مزید پریشان نہ کرے اور خود کو مجھ پر ظاہر کر دے تو میں اتنی ہی قیمت کے زیورات اور نذر کروں گا۔"

اچانک بادشاہ کی نظریں ایک قدِ آدم مرتبان کی طرف اٹھ گئیں اس کے اندر سے طروب یوں نمودار ہو رہی تھی گویا اسے کسی بازی گر نے اپنے سحر سے نمودار کر لیا ہو۔ بادشاہ دوڑ کر مرتبان کے قریب پہنچ گیا اور اپنے دونوں ہاتھ طروب کی بغلوں میں ڈال کر مرتبان سے باہر نکال لیا۔ بولا۔ "واللہ اگر تو کچھ دیر اور روپوش رہتی تو میں پاگل ہو جاتا۔"

طروب نے اپنے جسم پر سجے ہوئے زیورات پر اچٹتی سی نظر ڈالی اور جواب دیا۔ "میں تو اس لئے نمودار ہو گئی ہوں کہ بادشاہ نے مجھے مزید تبرکات سے نوازنے کا وعدہ کر لیا ہے۔"

عبدالرحمٰن نے اس سرو قامت اور فتنۂ حسن و شباب کو جوش و سرمستی سے اپنی آغوش میں سمیٹ لیا۔ بولا۔ "طروب! تیری ہر بات میں ایک مزہ ہے۔ تیری ہر ادا میں ایک کیف ہے، تو چھپ کر شرارت کرتی ہے تو اس سے دل کی دھڑکن میں قیامت کی تیزی آجاتی ہے۔ اور جب تو سامنے آکر عشوہ و ادا دکھاتی ہے تو میری جان پر بن جاتی ہے!"

طروب نے شرارت سے پوچھا۔" امام یحییٰ میرے زیورات کی بابت کیا فرماتے تھے؟"

بادشاہ نے جواب دیا۔" وہ کہتے تھے اتنے قیمتی زیورات شاہی خزانے سے نہیں نکلنے چاہئیں۔"

طروب نے پوچھا۔" پھر آپ نے انہیں کیا جواب دیا؟"

بادشاہ نے کہا۔" میں نے کہہ دیا کہ جو ان قیمتی زیورات کو پہنے گی وہ ان سے زیادہ قیمتی ہے!"

طروب خوشی سے جھوم گئی لیکن شرارتاً سوال کیا۔" یہ زیورات کتنی مالیت کے ہیں؟"

بادشاہ نے جواب دیا۔" ایک لاکھ دینار۔"

طروب نے طنزیہ پوچھا۔" تو آپ کی نظر میں میری اتنی ہی قیمت ہے؟"

بادشاہ نے کہا۔" نہیں، کیا تو نے میرے اس جواب پر غور نہیں کیا جو میں نے امام یحییٰ کے استفسار پر انہیں دیا تھا۔ میں نے یحییٰ فقیہہ سے صاف صاف کہہ دیا تھا کہ جو ان زیورات کو پہنے گی وہ ان سے زیادہ قیمتی ہے!"

طروب آزردہ ہوگئی، اس کا منہ لٹک گیا۔ آنکھیں غم سے جھک گئیں چہرے پر سنجیدگی طاری ہوگئی۔ غم و اندوہ کی سنجیدگی۔ آہستہ سے بولی۔" کیا میں نے آپ سے یہ نہیں کہا تھا کہ میں آپ کے عطا کردہ تحفے کی مالیت سے اپنی قدر و قیمت کا اندازہ کروں گی، اگر بادشاہ کی نظر میں واقعی ایک لاکھ دینار سے زیادہ میری قیمت تھی تو میرا تحفہ بھی ایک لاکھ دینار سے زیادہ کا ہونا چاہیئے تھا۔ مجھے تو ایسا محسوس ہو رہا ہے کہ بادشاہ کے قول اور فعل میں مطابقت اسی لئے نہیں ہے کہ ان کا فعل دل کا تابع ہے اور قول زبان کا چنانچہ بادشاہ کے دل میں جو میری قیمت تھی بادشاہ نے اتنی ہی قیمت کا تحفہ مجھے پیش کر دیا۔"

بادشاہ ذرا گھبرا گیا۔ بولا۔" طروب! تو صرف حسین ہی نہیں بلا کی ذہین بھی ہے۔ میری باتوں کے کیا معنی و مطالب نکالے ہیں، اس کا جواب نہیں!" پھر کچھ دیر طروب کی شکل دیکھتا رہا، بولا۔" اگر میں اپنی پوری سلطنت تیرے قدموں میں رکھ دوں تب بھی یہ تیری قیمت نہیں ہوگی۔"

طروب نے شوخی سے کہا۔" میں سلطنت لے کر کیا کروں گی یہ بڑی درد

سری کا سودا ہے، مجھے تو تحفوں کی حصولیابی کی ہوس ہے۔ بادشاہ کو چاہیئے کہ وہ اپنا وعدہ ایفا کریں اور مزید تحفے عطا فرمائیں۔"

بادشاہ نے اسی وقت وزیر خزانہ کے نام ایک نیا فرمان جاری کیا اس میں اتنی ہی مالیت کے مزید زیورات فراہم کرنے کا حکم دیا گیا تھا۔ بادشاہ جب اس فرمان کو اپنے قلم سے لکھ رہا تھا تو اس کے سیدھے ہاتھ کی تیسری انگلی میں چمکتی ہوئی قیمتی انگوٹھی طروب کے دل و دماغ میں حرص و طمع کی آگ روشن کر رہی تھی۔ جب بادشاہ فرمان پر دستخط کر کے اسے تہہ کرنے لگا تو طروب نے اس کی انگوٹھی والی انگلی پکڑی اور اسے غور سے دیکھتی ہوئی بولی۔

"یہ کتنی دلکش انگوٹھی ہے۔ یہ میری انگلی میں کیسی لگے گی؟"

بادشاہ نے انگوٹھی اتار کر طروب کی انگلی میں پھنسا دی۔ بولا: "اب تو خود ہی دیکھ لے کہ یہ تیری انگلی میں کیسی لگ رہی ہے؟"

طروب مٹھی بند کر کے اور کھول کے انگوٹھی کو دیکھتی رہی پھر بولی۔

"یہ تو بہت اچھی لگ رہی ہے، امیر المومنین کے ہاتھ سے زیادہ اچھی لگ رہی ہے۔"

بادشاہ نے مسکرا کر پوچھا۔" پھر تیری منشاء کیا ہے؟ تو کیا چاہتی ہے؟ میرا خیال ہے تیری نیت خراب ہو چکی ہے۔ لیکن میں یہ انگوٹھی تجھے نہیں دوں گا۔"

طروب نے ادھر ادھر دیکھ کر بادشاہ کو پیار کر لیا۔ بولی۔" میں کب یہ کہتی ہوں کہ آپ اپنی انگوٹھی واقعی مجھے مرحمت فرمادیں۔ یہ تو وقت کی بات ہے، کل جب میں آپ کی طرف راغب ہوئی تھی تو میں نے یہ سوچا تک نہ تھا کہ میری آپ کی نظر میں اتنی بڑی قدر و قیمت طے پائے گی۔" پھر وہ انگوٹھی اتارنے لگی۔ بولی۔" میں تو یوں ہی مذاق کر رہی تھی۔"

بادشاہ نے جواب دیا۔"میں نے یہ انگوٹھی دوبارہ پہننے کے لئے نہیں اتاری تھی۔ اب تو یہ تجھے لینی ہی پڑے گی۔"

طروب نے بادشاہ کے ہاتھوں کو بوسہ دیا۔ بولی۔" بخدا میں نے اتنے سخی ہاتھ نہیں دیکھے۔"

★ ★ ★

حسبِ فرمان تیسرے دن زریاب اور اس کے چار بیٹوں کو بادشاہ کی خدمت میں پیش کر دیا گیا۔ اس دن بادشاہ کے آس پاس امرائے سلطنت کا ہجوم تھا۔ بادشاہ کا غلام نصر، بادشاہ کے بالکل پیچھے بجا آوریٔ فرمان کی خاطر مستعد اور چوکس کھڑا تھا۔ یہاں آس پاس کی دیواروں میں بالکونی جیسے روزن بنے ہوتے تھے۔ ان روزنوں میں رنگ برنگی باریک جالیوں کے پردے پڑے ہوتے تھے۔ ان کے پیچھے بادشاہ کی حرم موجود تھیں۔ باریک پردوں کے اُس پار سے زیورات کے کھنکنے بجنے کی موسیقی بلند ہو رہی تھی اور ان کے لباس کی سرسراہٹیں صاف سنائی دے رہی تھیں اُن میں چار بالکونیاں سب سے زیادہ نمایاں تھیں۔ ان میں سے ایک میں طروب بیٹھی تھی۔ دوسری میں بادشاہ کی مدثرہ نامی محبوبہ تھی، تیسری میں اس کی کنیز حکم تھی اور چوتھی میں کنیز شفا۔ مدثرہ نامی بھی اس کی کنیز تھی لیکن بادشاہ نے اسے آزاد کر کے بیوی بنا لیا تھا۔ کنیز حکم کو شعر و شاعری سے بڑی رغبت تھی اور موقع محل سے اشعار خوب چست کیا کرتی تھی۔ پورے محل میں اس کے گانوں کی بڑی دھوم تھی۔ آواز بھی بہت اچھی پائی تھی۔ بادشاہ کو اس سے بھی والہانہ لگاؤ تھا۔ تیسری کنیز شفا کے حسن و جمال نے بادشاہ کو الگ اپنا گرویدہ بنا رکھا تھا۔ یہ سب مشرق کے نامور مغنی زریاب کا گیت سُننے جمع ہوئی تھیں۔

پھر بادشاہ کے حکم سے نبیذ کا دور چلا، نبیذ کھجور کی شراب کو جائز قرار دیا جاتا تھا۔ بادشاہ نے نبیذ کا پیالہ اپنے ہاتھ سے زریاب کو پیش کیا اور جب وہ نبیذ پی چکا تو بادشاہ نے اسے گانا سنانے کا حکم دیا۔ زریاب نے اپنا عود سنبھالا۔ یہ پانچ تاروں والا عود تھا۔ اس سے پہلے عود میں صرف چار تار ہوا کرتے تھے۔ پانچواں تار خود زریاب کی اختراع تھا۔

زریاب نے بادشاہ اور حاضرینِ دربار کو عود کی خصوصیات بتائیں اس نے عود کے پہلے اور زرد رنگ کے تار کو انگلی سے چھُو کر متعارف کرایا۔

"امیر المومنین اور امرائے دربار! یہ زیر کا تار کہلاتا ہے۔ اسے عود میں قائم مقام کی حیثیت حاصل ہے۔" اس کے بعد دوسرے سُرخ رنگ کے تار کو چھُو کر بولا۔

"یہ سُرخ تار، جیسا کہ آپ صاحبان ملاحظہ فرما رہے ہیں زیر کے تار سے دُگنا

موٹا ہے اسے مثنٰی کہتے ہیں اور اسے عود میں وہی حیثیت حاصل ہے جو جسم میں خون کو" پھر تیسرے تار کو چھو کر بولا۔ "اور یہ سفید تار مثلث کہلاتا ہے۔ یہ جیسا کہ آپ صاحبان خود دیکھ رہے ہیں کہ یہ دوسرے تار سے موٹا ہے، اس کی سفیدی کا یہ مطلب ہے کہ یہ عود کے جسم میں بلغم جیسی حیثیت کا مالک ہے۔" پھر چوتھے تار کو چھیڑ کر بولا۔ "اور یہ سیاہ تار بم کا تار کہلاتا ہے۔ یہ موٹائی میں تیسرے تار سے دوگنا ہے اور اسے عود میں وہی حیثیت حاصل ہے جو انسانی جسم میں سودا کو" پھر پانچویں تار کو نہایت شان سے چھیڑ دیا۔ "اور اس تار کو عود میں اس ناچیز نے بڑھایا ہے یہ سرخ رنگ کا تار ان چار تاروں میں لطف و آہنگ میں اضافے کا سبب بن جاتا ہے"۔ پھر ان تاروں کو اس نے عقاب کی ہڈی کی مضراب سے چھیڑ دیا۔ بولا۔ "پہلے یہ مضراب لکڑی کی ہوا کرتی تھی لیکن عقاب کی ہڈی کی مضراب خالص میری ایجاد ہے"۔

بادشاہ نے زریاب کو نبیذ کا ایک پیالہ اور پیش کیا بولا۔ "یہ میری خوش قسمتی ہے کہ تو تاریخ میں میرے دربار کا مغنی کہلائے گا"۔

امرائے دربار نے بھی صدائے داد و تحسین بلند کی۔ باریک اور زرتار پردوں کے پیچھے سے بھی تحسین و آفرین کا ترنم جاری تھا۔

بادشاہ نے زریاب کو گانے کا حکم دیا۔ زریاب نے اپنا ہی گیت گانا شروع کر دیا۔

"صاحبِ کمال ہونا بھی گویا ایک جرم ہے
دربارِ بغداد کا اسحاق موصلی میرا استاد ہے اسے اپنے فن پر ناز تھا
لیکن پھر بھی وہ اپنے شاگرد سے خوفزدہ رہتا تھا
اس کا یہ خوف کچھ غلط بھی نہ تھا کیونکہ اس پر یہ تلخ حقیقت واضح ہو گئی تھی کہ
میں فن میں اس سے آگے نکل گیا ہوں
جب کسی طرح بغداد کے تاجدار ہارون کو میرے فن کا علم ہوا تو اس نے اسحاق موصلی کو حکم دیا کہ زریاب کو دربارِ بغداد میں پیش کیا جائے

ہارون نے مجھ سے پوچھا، کیا تو موسیقی جانتا ہے ؟
میں نے جواب دیا، جس قدر تعریف کی جائے اس سے بھی زیادہ اور میں آپ کو ایک ایسا گیت سناؤں گا جو آپ نے پہلے کبھی بھی نہ سنا ہوگا
پھر ہارون کے حکم سے میرے سامنے میرے استاد اسحاق موصلی کا عود رکھ دیا گیا۔
لیکن میں نے اپنا عود سنبھالا۔ ہارون نے پوچھا تو اپنے استاد کا عود کیوں نہیں بجاتا اور تیرا عود بھی تیرے استاد ہی کے عود جیسا ہے۔
میں نے جواب دیا میں اپنا گیت اپنے ہی عود پر سناؤں گا میں نے اپنے ریشمیں پانچ تاروں والے عود پر ہارون کو ایک ایسا گیت سنا دیا کہ ہارون کو کسی بات کا ہوش ہی نہ رہا۔ بعد میں ہارون نے اسحاق موصلی کو ڈانٹا کہ تو نے اس باکمال کو اب تک مجھ سے چھپائے کیوں رکھا ؟
جب میں دربار سے استاد کی خدمت میں واپس گیا تو اس نے میرے ساتھ خود کو بھی ایک کمرے میں بند کر لیا۔ اس وقت غصے سے اس کی آنکھیں سرخ ہو گئی تھیں اور منہ سے جھاگ سا نکل رہا تھا اس نے مجھ سے کہا۔ زریاب ! کیا تو آتشِ حسد پر یقین رکھتا ہے ۔میں نے جواب دیا، ہاں میں اس آگ پر یقین رکھتا ہوں ۔
اسحاق نے جوش میں کہا۔" تو سمجھ لے کہ اس وقت میں اسی آگ میں جل رہا ہوں ۔
اس نے کہا۔ زریاب ! کیا تو نے یہ مثل نہیں سُنی کہ ہم پیشہ دشمن ہمیشہ زریاب ! تو نے اپنے استاد کے ساتھ مکر کیا۔ اگر تو میرا بیٹا ہوتا تب بھی میں تجھ سے یہی کہتا کہ ہم دونوں ایک ساتھ نہیں رہ سکتے اب تک تو میرے ہاتھوں پہنچنے والے کسی ضرر سے اس لئے محفوظ ہے کہ تو میرا شاگرد ہے ۔
پھر اسحاق نے میرے دونوں شانے پکڑ لئے اور انہیں ہلاتا ہوا بولا

زریاب! اب تیرے سامنے دو صورتیں ہیں۔ ایک تو یہ کہ تو بغداد چھوڑ دے اور یہاں سے اتنی دور چلا جا کہ امیر المومنین (ہارون) کو تیرا نشان تک نہ ملے۔ اگر تو یہ صورت پسند کرے گا تو میں مال و دولت سے اتنا نوازوں گا کہ تیری طبیعت سیر ہو جائے اور دوسری صورت یہ ہے کہ تو میری مرضی کے خلاف یہیں بغداد میں ڈٹا رہے۔
اگر تجھے یہ صورت پسند ہے تو بغداد میں بشوق رہ جا لیکن ہر وقت میری دشمنی سے ڈرتا رہ۔ واللہ زریاب! تو یقین رکھ، میں ہمیشہ اپنے جان و مال سے تیری جڑیں کھودتا رہوں گا!" آہ! اے زمانے مجھے بتا کہ میں نے کیا جرم کیا تھا۔ بے شک صاحبِ کمال ہونا بھی ایک جرم ہے۔
میں نے بغداد کو ہمیشہ کے لئے چھوڑ دیا۔ کہتے ہیں، میرے بعد ہارون کو یہ کہہ کر چپ کرا دیا گیا کہ زریاب ناشکرا تھا اور اس نے ہارون کے انعام و اکرام کو اپنے شایانِ شان نہ سمجھ کر حقیر قرار دیا۔ حالانکہ میں ناشکرا نہیں ہوں استاد کے حسد نے مجھ سے بغداد چھڑوا دیا۔ میں مغرب میں چلا آیا۔ امیر المومنین عبدالرحمن کے خلد مکانی باپ حکم نے میری سرپرستی کا وعدہ فرمایا تھا لیکن وہ مجھے اپنے نیک دل اور فن شناس بیٹے کے حوالے کر گئے۔
اے بادشاہ! میں تجھے یقین دلاتا ہوں کہ میں ناشکرا ہرگز نہیں ہوں، میں حسد کا شکار ہوں۔
آہ! مشرق میں میں ہمیشہ گمنام رہوں گا لیکن مغرب مجھے یاد رکھے گا۔
مسیح کا قول ہے کہ نبیوں کی ان کے وطن میں عزت نہیں کی جاتی۔
لیکن میں کہتا ہوں کہ فن کاروں کی بھی ان کے وطن میں کوئی عزت نہیں کی جاتی۔
کیا میرے اس قول کی صداقت، میرے اپنے احوال سے نہیں ثابت ہوتی؟
میں نافع کا بیٹا ابوالحسن علی ہوں۔ میرا رنگ سیاہ ہے اور میری آواز دلکش اسی وجہ سے لوگ مجھے زریاب کہتے ہیں کیونکہ زریاب نامی سیاہ رنگت کا پرندہ میری ہی جیسی دلکش آواز رکھتا ہے۔

خدا امیر المومنین کو تا قیامت، سلامت اور انہیں میرے حال پر مہربان رکھے۔"

بادشاہ نبیذ پینا بھول گیا۔ امرائے دربار ستونوں کے سہارے مدہوش سے ہو گئے۔ زرتار پردوں کے پیچھے قبرستان جیسی خاموشی طاری ہو گئی۔ زریاب کے خاموش ہوتے ہی پردے کے پیچھے سے آواز آئی۔ "سبحان اللہ! کیا آواز ہے، کیا فن ہے اور کیا روداد۔"

یہ طروب کی آواز تھی۔

مدثرہ کیوں پیچھے رہتی، بولی۔ "اب دربار میں کسی اور مغنی یا مغنیہ کی ضرورت باقی نہیں رہی۔"

کنیز حکم سمجھ گئی کہ اس بات کا رخ کس طرف تھا۔ چمک کر بولی "چمن میں مینا بھی ہوتی ہے، بلبل اور قمری بھی۔ ان میں کسی کو کسی پر ترجیح تو دی جا سکتی ہے لیکن کسی کو کسی کی موجودگی میں بے کار اور فضول نہیں قرار دیا جا سکتا۔" پھر اس نے چند شعر پڑھے۔ "دنیا کا حسن اختلاف میں ہے۔ یکسانی حسن کی قاتل ہے۔ دربار میں بادشاہ کی تنہا موجودگی اس ویرانے جیسی محسوس ہو گی، جہاں کسی باز کو اکیلے اور اداس بیٹھنے کے لئے تنہا چھوڑ دیا گیا ہو۔ دربار کی شان بادشاہ کی موجودگی کے ساتھ امرائے دربار کی صف آرائی پر قائم ہوتی ہے۔"

بادشاہ کی چوتھی کنیز شفا کھلکھلا کر ہنس دی۔ بولی۔ "حسن کہیں بھی اور کسی بھی شکل میں ہو، دوست اور دشمن سبھی کو یکساں متاثر کرتا ہے۔"

بادشاہ اپنے حرم کی اس دلچسپ نوک جھونک سے خوش ہو رہا تھا۔ اس نے اپنے غلام نصر سے کہا۔ "زریاب کے لئے خلعت لائی جائے۔"

خلعت حاضر کر دی گئی۔ بادشاہ نے یہ خلعت اپنے ہاتھوں سے زریاب کے جسم پر ڈال دی۔ اور اسے دو سو دینار ماہانہ دیئے جانے کا اعلان کیا۔

اس کے بعد بادشاہ نے زریاب کے چاروں بیٹوں کو اپنے قریب بلایا۔ یہ عبدالرحمن، جعفر، عبداللہ اور یحیٰی تھے۔ بادشاہ نے اعلان کیا۔ "زریاب

کے ہر بیٹے کو بیس بیس دینار ماہانہ مقرر کئے جاتے ہیں۔"

چاروں بیٹے بادشاہ کے روبرو جھک گئے۔ بادشاہ اب بھی مطمئن نہیں تھا۔ اس نے مزید اعلان کیا۔" زریاب کو ہر تہوار پر تین ہزار دینار انعام میں دیئے جائیں گے۔ عید پر ایک ہزار دینار خصوصی انعام اور مہرجات (خزاں) اور نوروز کے موقعوں پر پانچ پانچ سو دینار مزید۔ چار باغ، چھ قطعات، آٹھ مکان۔ جَو اور گیہوں کا ذخیرہ حکومت کی طرف سے۔"

زریاب اور اس کے بیٹوں پر شادیٔ مرگ طاری تھی۔ امرائے دربار زریاب کو رشک و حسد سے دیکھ رہے تھے۔

زریاب نے فرطِ خوشی میں کچھ کہنا چاہا لیکن الفاظ حلق میں پھنس کر رہ گئے۔

بادشاہ نے پوچھا۔" کچھ اور؟"

زریاب نے جواب دیا۔" امیر المومنین، جتنا مجھے اور میرے بیٹوں کو عطا کیا گیا ہے وہ میرے خواب و خیال میں بھی نہ تھا۔ مجھ پر اب تک جو ظلم ہوئے تھے ان سب کی تلافی ہو گئی۔"

بعد میں جب زریاب نے باغات اور مکانات کی سالانہ آمدنی کا حساب لگایا تو معلوم ہوا کہ ان سے چالیس ہزار دینار کی آمدنی ہوگی۔

امام یحییٰ کو جب اس انعام و اکرام کی خبر ملی تو انہوں نے بادشاہ کو ایک یاد بھیج سرزنش کی۔" بادشاہ کو اپنے خرچ کی ایک ایک پائی کا خدا کے سامنے حساب پیش کرنا ہوگا۔ میں حیران ہوں کہ بادشاہ اس حساب سے کس طرح گلو خلاصی حاصل کرے گا۔"

بادشاہ نے جواب دیا۔" میں نے زریاب اور اس کے بیٹوں کو جو کچھ بھی دیا ہے ان کے اس غیر معمولی فن اور صلاحیتوں کو دیا ہے جنہیں خود خدا نے ان کی ذات میں ودیعت فرما دیا ہے، خدا نے ان خوبیوں سے دوسروں کو نہیں نوازا۔ چنانچہ میں نے زریاب کو جو کچھ دیا ہے وہ اس کی خدائی صلاحیتوں کو دیا ہے۔ خدا کی صلاحیتوں کو غیر معمولی داد و دہش سے نواز دینے کا یہ مطلب ہے کہ میں نے خدا کی ایک بڑی صناعی کا اعتراف کیا۔ اور شکرانے میں داد و دہش کے ذریعہ اپنے عجز و بے بسی کا ہدیۂ تبریک پیش کیا ہے۔"

امام یحییٰ نے ان موشگافیوں سے کافی مزہ لیا، بولے۔" بادشاہ کی دلیلیں مجھے چپ تو ضرور کر دیں گی لیکن میں ان کا قائل نہیں ہو سکتا یہ بے جا اسراف ہے اور بادشاہ کی کوئی بھی دلیل اس صداقت کو بدل نہیں سکتی۔"

★ ★ ★

زریاب پر جو نوازشیں کی گئی تھیں، ان سے طروب کو سخت دھچکا لگا وہ بادشاہ کے الطاف و عنایات کا مستحق اپنے سوا کسی اور کو نہیں سمجھتی تھی۔ وہ بادشاہ سے رُوٹھ گئی اور اس وقت راضی ہوئی جب بادشاہ نے اسے بھی بہت کچھ عطا کر دیا۔ بادشاہ کو طروب کا یہ انداز پسند نہیں آیا، لیکن وہ اسے سب سے زیادہ چاہتا تھا۔ اس لئے اس تکلیف دہ روش کو بھی چپ چاپ برداشت کر گیا۔ بادشاہ طروب کے پاس کچھ دیر رک کر اپنی کنیز حکم کے پاس چلا گیا۔ کنیز حکم نے کھلی آغوش سے بادشاہ کا استقبال کیا بادشاہ نے بھی اپنی آغوش وا کر دی۔ وہیں سبزہ زار پر بادشاہ نے ایک محفل سجائی، ریشمین بڑے بڑے تکیوں کے سہارے دونوں ایک دوسرے سے مل کر بیٹھ گئے۔ بادشاہ نے حکم سے کہا۔" آج میں بہت اداس ہوں۔ اس لئے اس وقت تو میری خاطر ایک مختصر سی ضیافت اور تقریب کا انتظام کر۔"

کنیز حکم نے تالی بجائی، چند خواصیں ہاتھ باندھ کر حاظر ہو گئیں۔

حکم نے بادشاہ سے پوچھا۔" امیرالمومنین! نبیذ سے شوق فرمائیں گے؟"

بادشاہ نے جواب دیا۔" ضرور!"

"اور رقص و موسیقی سے؟"

"ہاں ان سے بھی۔"

کنیز حکم نے خواصوں کو اس تقریب اور ضیافت کے اہتمام کا حکم دیا اور یہ سارا انتظام دم کے دم میں کر دیا گیا۔ کنیز حکم اپنی جگہ سے اٹھ کر بادشاہ کے پہلو میں آ بیٹھی۔ اب اس کا تکیہ بادشاہ کا پیٹ تھا یا اس کی دونوں رانیں۔ حکم کا بایاں ہاتھ بادشاہ کے شانے اور گردن سے گزر کر دوسرے شانے پر ظاہر ہوا۔ حکم کے دوسرے ہاتھ میں نبیذ کا پیالہ تھا، اس نے پیالہ بادشاہ کے منہ سے لگا دیا۔ بادشاہ چسکی لے لے کر پینے لگا۔

رقاصاؤں نے رقص کرنا شروع کر دیا۔ آلاتِ موسیقی نے فضا کو نغمہ زار بنا دیا۔ گانے والیوں نے جو گیت سُنائے وہ سارے ہی حزنیہ تھے بادشاہ کی طبیعت اور زیادہ اُداس ہو گئی۔ چیخ کر بولا۔ "کوئی طربیہ گیت سُناؤ۔"

طربیہ گیت گاتے جانے لگے لیکن یہ گیت بھی ایسے تھے کہ ان کا خاتمہ حزن وملال پر ہوتا تھا۔ بادشاہ نے حکم کو ایک طرف ہٹا دیا اور بولا۔ "حکم! اِن لوگوں نے تو مجھے کچھ زیادہ ہی اُداس اور ملول کر دیا۔"

حکم ادب سے کھڑی ہو گئی۔ بولی۔ "اگر امیر المومنین کا حکم ہو تو میں اِس اُداسی اور افسردگی کو دور کرنے کی کوشش کروں۔"

بادشاہ نے جواب دیا۔ "جو مناسب سمجھ، کر۔"

حکم نے رقاصاؤں اور مغنیاؤں کو وہاں سے چلے جانے کا حکم دیا۔ بس دو عورتیں باقی رہ گئیں جن کے ذمے یا تو محض خدمت گاری تھی یا انہیں آلاتِ موسیقی کو چھیڑنے کا فن آتا تھا۔

حکم نے بادشاہ کو مطلع کیا۔ "امیر المومنین جب سے تشریف لاتے ہیں میں حسبِ حال کچھ شعر موزوں کر رہی ہوں۔ اگر اجازت ہو تو وہ سنا دیتے جائیں۔"

بادشاہ نے جواب دیا۔ "ہاں اجازت ہے لیکن اتنا خیال رہے کہ ان شعروں میں حزن وملال کی کیفیت نہ پائی جاتی ہو۔"

حکم نے عرض کیا۔ "اس میں حزن وملال نہیں تاسف ہے۔ دنیا کے دُوں پر عبرت وملامت کا پہلو ہے۔"

بادشاہ نے افسوس سے کہا۔ "سُنا، اگر تو بھی یہی چاہتی ہے کہ میں اُداس اور افسردہ ہی رہوں تو یہی سہی۔"

حکم نے کھڑے ہو کر اپنا گانا شروع کرنا چاہا لیکن بادشاہ نے کہا۔ "میں چاہتا ہوں کہ تو میرے پہلو سے جدا نہ ہو، کیونکہ اس طرح میں خود کو بالکل تنہا محسوس کرنے لگتا ہوں۔"

حکم دوبارہ اس کے پہلو میں بیٹھ گئی۔ اور بادشاہ کے گلے میں باہیں ڈال کر گانے لگی۔

"تیری اُداسی مناسب ہے، تو ملول ہو جانے میں حق بجانب ہے، حالانکہ تو ایک ایسا شخص ہے جس سے کسی کو تکلیف نہیں پہنچی۔

تو بادل کی طرح غیر جانبدار فیاض ہے، تو ہوا کی طرح فیض رساں ہے اور تجھ میں دھوپ جیسا جذبۂ سرپرستی اور بخشش عام ہے لیکن تیرے لئے یہ کتنی بدنصیبی کی بات ہے کہ جب تو کسی کو نوازتا ہے تو ایک طرف اس سے فقیہانِ شہر کو دکھ ہوتا ہے تو دوسری طرف ایک وہ ذات شاکی ہو جاتی ہے جسے تو سب سے زیادہ چاہتا ہے جسے سب سے زیادہ نوازتا ہے اور جس پر تو دوسروں سے زیادہ مہربان ہے۔

لیکن اے دُنیا کے سب سے زیادہ مہربان انسان! تو ملول نہ ہو اس دُنیائے دوں کی یہی ریت ہے، یہی روش یہی فطرت ہے یہ ہمیشہ سے ظالموں کی شکر گزار اور محسنوں کی شاکی رہی ہے جب دوسروں کو کچھ دیا جاتا ہے تو یہ اس پر حسد کرتی ہے کہ وہ سب کچھ اسے کیوں نہیں دیا گیا۔

اور جب اسے دیا جاتا ہے تو شکر گزار ہونے کے بجائے، کم دیئے جانے کا گِلہ کرتی ہے

اے شریف انسان! تو اسے مطمئن نہیں کر سکتا۔

تیرے لئے یہی بہتر ہے کہ تو نبیوں کی طرح صبر و رضا کی راہ اختیار کر۔ دُنیائے دوں اپنی فطرت نہیں بدل سکتی اور تو اپنی سرشت نہیں چھوڑ سکتا۔ تم دونوں ہی مجبور ہو۔

حکم کے پاس اس کے سوا کچھ بھی نہیں کہ یہ تم دونوں سے عبرت اور تاسف حاصل کرے۔"

عبدالرحمٰن نے کنیز حکم کا یہ گیت بہت پسند کیا۔ بے ساختہ اسے سینے سے لگا لیا۔ بولا۔ "حکم! تو نے میرے دل سے ملال اور کدورت کی گرد دھو ڈالی۔ اب میں بہت خوش ہوں۔"

حکم نے نبیذ کا ایک پیالہ بادشاہ کے ہونٹوں سے لگانا چاہا لیکن بادشاہ نے یہ پیالہ اس کے ہاتھ سے لے لیا۔ اور اسے نہایت محبت سے اپنے ہاتھوں سے خود اس کو پلایا۔ بادشاہ نے اس کی پیشانی کو بوسہ دیا اور کہا۔ "میں کتنا خوش قسمت انسان ہوں کہ مجھے فقیہوں میں امام یحییٰ، عورتوں میں تو اور گانے

والیوں میں زریاب نادرۂ روزگار شخصیت حاصل ہوگئی ہے۔"

بادشاہ نے غم غلط کرنے کی خاطر حکم سے پورا پورا فائدہ اٹھایا وہاں سے حکم کے سوا سبھی کو رخصت کر دیا گیا۔ اور کافی دیر بعد بادشاہ جب حکم کے پاس سے خود بھی رخصت ہونے لگا تو اسے شدت سے یہ محسوس ہوا کہ اس نے حکم سے جو کچھ بھی کہا تھا، غلط تھا، وہ اب بھی افسردہ تھا۔ حکم کے گیت اور گیت کے مفہوم نے ذرا سی دیر کے لئے اسے مطمئن اور خوش ضرور کر دیا تھا لیکن اب یہ زخم پھر ہرا ہو گیا تھا۔ اب اسے کسی اور کی آغوش کی ضرورت محسوس ہو رہی تھی۔ وہ حکم کے پاس سے سیدھا مدثرہ کے پاس پہنچا۔ مدثرہ نے بادشاہ کی راہ میں اپنی آنکھیں بچھا دیں۔ بادشاہ نے بچوں کی طرح بلک کر کہا۔ "مدثرہ! میں بہت پریشان ہوں۔ میرا دل اندر سے بکھر جا رہا ہے اس سے طمانیت چھن گئی ہے اسے سکون پہنچا دو، اسے اپنی آغوش میں چھپا لو۔"

مدثرہ نے بادشاہ کو سکون پہنچانے کی خاطر کیا کچھ نہیں کیا، لیکن کچھ دیر بعد جب وہ مدثرہ کے پاس سے بھی رخصت ہوا تو وہ اسی طرح افسردہ و ملول تھا۔ وہ مدثرہ کے پاس سے شفا کے پاس پہنچا۔ یہ حسین و جمیل کنیز اپنے حسن کے سوا کوئی دوسری بڑی خوبی نہ رکھتی تھی۔ بادشاہ یہاں بھی کافی دیر تک رہا لیکن دل بدستور مضطرب اور بے چین ہی رہا۔ شفا بھی شفا نہ دے سکی۔ محل سرائیں اور کنیزیں بھی تھیں لیکن بادشاہ جانتا تھا کہ جس کے دکھ کا علاج ان میں سے کسی ایک کے پاس بھی نہیں۔ وہ شفا کی آغوش میں دبکا ہوا کسی اور آغوش کی فکر میں کھویا رہا۔ اس نے نہایت کرب سے شفا کو مخاطب کیا۔ "شفا! کیا تو بتا سکتی ہے کہ بائیں جانب پسلیوں کے پیچھے دھڑکنے والا سیماب صفت گوشت کا لوتھڑا کن کن چیزوں سے سکون پاتا ہے؟"

شفا نے جواب دیا۔ "امیر المومنین! یہ ایک دشوار سوال ہے اور اس کا صحیح جواب تو وہی لوگ دے سکیں گے جو دن رات کسی نہ کسی گتھی کو سلجھاتے ہی رہتے ہیں لیکن اگر میں اس کا جواب دوں گی تو یہی کہوں گی کہ دنیا کے سارے ہنگامے عقل و خرد کے دم سے ہیں، ہوش و حواس

کے ہیں فکر و احساس کے ہیں۔ اِس لئے ایک پریشان انسان اگر سکون کا متلاشی ہے تو اس کے لئے ضروری ہے کہ وہ پہلے اِن اسبابِ پریشان سے نجات حاصل کر لے۔"

"یہ کس طرح ممکن ہے!" بادشاہ نے کہا۔" اِس کا تو یہ مطلب ہوا کہ میں سکون کی خاطر خودکشی کر لوں، کیونکہ کوئی انسان جیتے جی تو عقل و خرد ہوش و حواس اور فکر و احساس سے پیچھا چھڑا نہیں سکتا۔ یا پھر یہ کہ ہر انسان دیوانہ بن جاتے۔"

شفا کانپنے لگی، بولی۔"میں نے جو کچھ کہا، اس سے میرا یہ مطلب ہرگز نہ تھا۔ اس مطلب سے میں پناہ مانگتی ہوں، توبہ کرتی ہوں اور معافی کی طلب گار ہوں۔"

بادشاہ ہنس دیا۔" شفا! تو کیوں پریشان ہوتی ہے؟ تو نے جو جواب دیا، وہ نہایت عاقلانہ ہے اور اس کے جواب میں میں نے جو کچھ کہا اس میں میری مجبوری اور بے بسی کا احساس کارفرما ہے میں تجھ سے ناخوش نہیں ہوں۔"

شفا نے بادشاہ کا شکریہ ادا کیا۔

بادشاہ دیر تک شفا کی آغوش میں آنکھیں بند کئے پڑا سوچتا رہا یہاں سے طروب کی یاد نے آگھیرا، وہی طروب جس نے اسے دل برداشتہ کر دیا تھا، اب اپنی جملہ رعنائیوں اور سرمستیوں کے ساتھ عالم تصور میں اس کے روبرو کھڑی تھی اور مسکرا مسکرا کر اسے اپنی آغوش میں بلا رہی تھی۔ اس آغوش میں بات ہی کچھ اور تھی۔ بادشاہ کی رگ رگ اور نس نس میں طروب بسی ہوئی تھی۔ اس نے شفا سے پوچھا۔" شفا! تو نے کبھی اس پر بھی غور کیا کہ ایک صاحبِ اختیار بھی کبھی کبھی بے بس اور مجبور ہو جایا کرتا ہے، آخر ایسا کیوں ہوتا ہے؟"

شفا نے جواب دیا۔" امیر المومنین! صاحبِ اختیار تو بس خدا ہوتا ہے۔ ہم انسانوں میں کوئی کتنا بڑا انسان ہی کیوں نہ ہو، وہ کسی نہ کسی کے سامنے کسی نہ کسی معاملے میں اور کبھی نہ کبھی بے بس ضرور ہو جاتا ہے۔ اسی لئے عقلمندوں کا قول ہے کہ خدا کی برتری اور انسان کی کمتری کے درمیان جو خلا پایا جاتا ہے، یہی خدا اور اس کی مخلوق کے درمیان حدِ فاصل اور خطِ

امتیاز ہے۔"

بادشاہ شفا کی آغوش سے بھی اکتا گیا۔ وہ اپنے محل میں چلا گیا اور وہاں اپنے غلام نصر کو طلب کیا۔ جب نصر آ گیا تو اس نے حکم دیا۔" میں سیر و شکار کو جانا چاہتا ہوں، اس کا انتظام کیا جائے۔"

نصر نے دریافت کیا۔" امیر المومنین اپنے ساتھ کس کس کو لے جائیں گے؟"

بادشاہ نے ذہن پر زور دیتے ہوئے جواب دیا۔" تقریباً سو سوا سو افراد کی فہرست تم خود تیار کرو گے لیکن ان میں میری طروب ضرور شامل ہو گی!"

نصر چلا گیا اور بادشاہ یہ سوچتا رہ گیا کہ غیر ارادی طور پر یہ طروب کا نام اس کی زبان سے کیوں نکل گیا؟

* * *

سیر و شکار کے انتظامات ہو چکے تھے۔ بادشاہ نے ایک کنیز کو طروب کی خدمت میں روانہ کیا۔ لیکن کچھ دیر بعد یہ کنیز تنہا واپس آئی کنیز کا چہرہ خوف سے سفید پڑ گیا تھا۔ بادشاہ نے پوچھا" کیا بات ہے؟ طروب کہاں ہے؟ اس نے کیا کہا؟ وہ کیوں نہیں آئی؟ تو خوفزدہ کیوں ہے؟"

کنیز نے کچھ کہنا چاہا لیکن اس کی آواز حلق میں پھنس کر رہ گئی بادشاہ نے بے تاب ہو کر کنیز کو شانوں سے پکڑ کر جھنجھوڑ ڈالا۔ پوچھا" تو بولتی کیوں نہیں؟ طروب خیریت سے تو ہے؟ خدانخواستہ اسے کچھ ہو تو نہیں گیا؟

کنیز نے اٹک اٹک کر عرض کیا" اس کنیز میں اتنی ہمت نہیں ہے کہ وہ اصل واقعے اور جواب کو امیر المومنین کے گوش گزار کر سکے۔ بہتر یہی ہے کہ امیر المومنین ملکۂ عالیہ کے محل میں خود تشریف لے جائیں، اور وہاں کی صورتِ حال کا خود مشاہدہ فرما لیں!"

بادشاہ نے مزید کوئی سوال نہ کیا اور بھاگ کر طروب کے محل میں داخل ہو گیا۔ وہاں طروب کی خواب گاہ کے دروازے اندر سے بند تھے بادشاہ نے دروازے پر دستک دی اور گھبرائی ہوئی آواز میں طروب کو آواز دی۔

"طروب! تم اندر کیا کر رہی ہو دروازے کھولو۔"

اندر سے طروب کی آواز آئی۔ "امیرالمومنین واپس تشریف لے جائیں، میں دروازے نہیں کھولوں گی۔"

بادشاہ نے پوچھا۔ "آخر بات کیا ہے؟"

طروب نے کہا۔ "میں نے ایک بار کہہ دیا کہ میں دروازے نہیں کھولوں گی۔"

"میں سیر و شکار کو جا رہا ہوں اور اپنے ساتھ تجھے بھی لے جانا چاہتا ہوں۔"

طروب نے بے مروتی سے جواب دیا۔ "آپ اپنے امراء کو ساتھ لے جائیں، مدثرہ کو لے جائیں، حکم اور شفا کو لے جائیں۔ زریاب اور اس کے بیٹوں کو لے جائیں، امیرالمومنین کے ساتھ جانے میں کس کو عار ہوگا۔"

بادشاہ نے جواب دیا۔ "لیکن میں تجھے اپنے ساتھ لے جانا چاہتا ہوں۔"

طروب نے غصے میں کہا۔ "لیکن میں بار بار یہی کہوں گی کہ میں آپ کے ساتھ نہیں جاؤں گی۔"

بادشاہ نے بھی غصے میں کہا۔ "لیکن میں تجھے اپنے ساتھ بہر قیمت لے جاؤں گا اور تیری خوابگاہ کے دروازے تڑوا دوں گا۔"

"بشوق تڑوا دیجئے۔" طروب نے اسی طرح جواب دیا۔ "آپ دروازے تڑوا دیجئے، فوج لے آیئے، خون خرابہ کرا دیجئے جو جی میں آئے کر گزریئے لیکن ایک بات اچھی طرح سمجھ لیجئے کہ میں دروازے نہیں کھولوں گی اور دروازوں کے ٹوٹ جانے کے بعد بھی میں آپ کے ہاتھ نہیں آؤں گی۔"

بادشاہ نے بے بسی سے کہا۔ "طروب! مجھے زیادہ مت پریشان کر، دروازے کھول دے۔"

اب طروب نے خاموشی اختیار کرلی۔ بادشاہ نے ایک بار پھر زور زور سے دستک دی اور پوچھا۔ "آخر تو مجھے اپنی وہ شرائط بتا، جنہیں پوری کر کے میں دروازے کھلوا سکتا ہوں۔"

طروب نے جواب دیا۔ "یہ ترکیب اور شرائط آپ مدثرہ، حکم اور شفا سے جا کر معلوم کریں، میں نہیں جانتی!"

بادشاہ نے پوچھا۔ "تو تجھے میری اس محبت کا بھی خیال نہیں جو میرے دل میں ہر وقت شمع کی طرح روشن رہتی ہے اور جس کی آنچ ہیں، میں شب و روز جلتا رہتا ہوں۔"

طروب نے ترشی سے جواب دیا۔ امیرالمومنین! آپ کی جملہ باتوں کا میرے پاس ایک ہی جواب ہے، وہ یہ کہ میں دروازے نہیں کھولوں گی۔"

بادشاہ وہاں سے چلا آیا۔ اس نے امام یحییٰ کو بلا کر اصل واقعہ بیان کیا اور پوچھا۔ "اب آپ ہی بتائیں میں کیا طریقہ اختیار کروں کہ طروب دروازے کھول دے۔"

امام یحییٰ نے پوچھا۔ "خواب گاہ میں کھانے پینے کا کس قدر سامان موجود ہوگا؟"

بادشاہ نے جواب دیا۔ "غالباً ایک دن کا بھی نہیں۔"

امام یحییٰ نے کہا۔ "تب پھر اس سرکش اور خود سر عورت کا قابو میں لے آنا مشکل کام نہیں ہے۔"

بادشاہ اور اس کا غلام امام یحییٰ کی تجویز سننے کے لئے بے چین نظر آرہے تھے۔

امام یحییٰ نے جواباً کچھ کہا جسے کوئی بھی نہ سن سکا۔

بادشاہ نے کہا۔ "آپ کو زبان کھولنے میں آخر تامل کیوں ہے؟"

امام یحییٰ نے کہا۔ "طروب کی خواب گاہ کو باہر سے مستقلاً بند کرا دو اور اس سلسلے میں کسی کی بھی سفارش قبول نہ کرو، تقریباً ایک ماہ تک ان دروازوں کو بند رکھو، پھر جب تم ایک ماہ بعد خواب گاہ کے دروازے کھلواؤ گے تو اندر سے طروب کا خشک مجسمہ ملے گا۔ گویا وہ اپنی بے جا ضد کی سزا پا چکی ہو گی۔"

بادشاہ نے غلام نصر کی طرف دیکھا۔ گویا پوچھ رہا ہو۔ "تم کیا چاہتے ہو نصر؟"

ذہین نصر نے سوال سننے بغیر ہی جواب دیا۔ "ملکہ عالیہ کی خواہشات کی کوئی حد نہیں ہے اس لئے اس مرض کا علاج تو امیرالمومنین کو کرنا ہی پڑے گا۔"

بادشاہ نے کہا۔ "وہی تو میں جاننا چاہتا ہوں کہ آخر اس مرض کا علاج ہے کیا؟"

نصر نے جواب دیا۔ "امام یحییٰ نے جو علاج تجویز کیا ہے وہ بہتر ہے!"

بادشاہ نے امام یحییٰ سے کہا۔ "آپ کے مشورے کا میں شکر گزار ہوں۔ آپ جا سکتے ہیں۔"

امام یحییٰ اسی وقت وہاں سے چلے گئے۔ ان کے ہٹتے ہی بادشاہ نصر پر گرم ہو گیا۔ بولا۔ "تو نے یہ مشورہ دیا کیسے کہ میں طروب کی خواب گاہ کو باہر سے بند کرا دوں؟"

نصر نے خوف زدہ ہو کر جواب دیا۔ "میں نے وہ مشورہ نہیں دیا تھا بلکہ امام یحییٰ کی عظمت اور بزرگی کے پیش نظر میں نے ان کی تائید کر دی تھی۔"

بادشاہ نے ڈانٹا۔ "تجھے ان کی تائید بھی نہیں کرنی چاہیئے تھی۔"

نصر نے آہستہ سے کہا۔ "آئندہ میں اس کا خیال رکھوں گا۔"

بادشاہ نے نصر کو برا بھلا سناتے ہوتے کہا۔ "تجھے میری اس محبت کا ضرور خیال کرنا چاہیئے تھا جو مجھے طروب سے ہے لیکن تو نے اس کا کبھی کوئی خیال نہیں کیا۔" اس کے بعد افسوس سے بولا۔ "طروب کے بارے میں تیرے احساسات کے علم نے مجھے بہت غم زدہ کر دیا ہے، مجھے کم از کم تجھ سے ایسی امید نہیں تھی۔"

نصر بادشاہ کے قدموں میں گر گیا۔ عاجزی سے بولا۔ "امیر المومنین! میں اپنے مشورے پر شرمندہ ہوں، مجھے معاف کر دیجئے۔"

بادشاہ نے حکم دیا۔ "خزانچی کو بلاؤ۔"

نصر نے فوراً ہی شاہی خزانے کے نگراں کو حاضر کر دیا۔ بادشاہ نے اسے حکم دیا۔ "خزانے سے دیناروں کی تھیلیاں لائی جائیں کہ اگر انہیں طروب کی خواب گاہ کے در پر نیچے اوپر رکھا جائے تو خواب گاہ کا دروازہ اس میں چھپ جائے۔"

خزانے کے نگراں نے ذرا سی دیر میں، طروب کے در پر دیناروں

کی تھیلیوں کا ڈھیر لگا دیا۔ تھیلیوں میں خواب گاہ کا دروازہ روپوش ہو گیا۔

بادشاہ نے ایک بار پھر طروب کو مخاطب کیا۔ "طروب! دروازہ کھول اور دیکھ کہ تیرے در پر دیناروں کی کتنی تھیلیاں رکھ دی گئی ہیں۔"

اندر سے طروب نے سوال کیا۔ "لیکن یہ تھیلیاں میرے کس کام کی؟"

بادشاہ نے کہا۔ "اگر تو دروازہ کھول دے تو یہ ساری تھیلیاں تیری ہو جائیں گی۔"

طروب کا لہجہ ہی بدل گیا۔ پُر مسرت لہجے میں پوچھا۔ "سچ؟ کیا میں امیر المومنین کے قول پر یقین کر لوں؟"

بادشاہ نے جواب دیا۔ "طروب! کیا تو یہ سمجھتی ہے کہ ایک بادشاہ تجھ سے وعدہ خلافی کرے گا؟"

"نہیں۔ میں ایسا سوچ بھی نہیں سکتی۔" طروب نے کہا۔ "لیکن اب بھی دروازے کھولنے کو جی نہیں چاہتا۔"

بادشاہ نے کہا۔ "طروب! اب زیادہ تنگ نہ کر۔"

طروب نے پوچھا۔ "اگر میں دروازے کھول بھی دوں تو اس سے امیر المومنین کو کیا ملے گا؟"

بادشاہ نے جواب دیا۔ "میری آنکھیں تیری دید کو ترس گئی ہیں اس وقت تو تیری دید ہی میرے لئے سب کچھ ہے۔!"

طروب نے شوخی سے کہا۔ "تیری دید میں آپ کو ایک شے نذر کرنا پڑے گی۔"

"کون سی شے؟"

"شاہی خزانے کا وہ ہار، جس کی قیمت کا آج تک تعین ہی نہیں کیا جا سکا۔"

شاہی خزانے کے نگراں نے دبے لفظوں میں بادشاہ کو خبردار کیا۔ "امیر المومنین کی مرضی اور ان کا حکم سر آنکھوں پر لیکن اس حقیر کی رائے میں یہ ہار خزانے سے نہیں نکلے گا۔"

بادشاہ نے خشمگیں لہجے میں پوچھا۔ "وہ کیوں؟"

خزانے کے نگراں نے کہا۔ "اس لئے کہ یہ ہار نہایت بیش قیمت ہے

اور اسے شاہی خزانے کی زینت رہنا چاہیئے۔"

بادشاہ نے ناخوشگوار لہجے میں کہا۔ "ہار کتنا ہی بیش قیمت کیوں نہ ہو، لیکن وہ طروب سے زیادہ قیمتی نہیں ہو سکتا۔ رہا شاہی خزانے کی زینت بننے کا سوال تو ہار خزانے کی نہیں گردن کی زینت ہوتا ہے اور طروب کے گلے سے زیادہ مقامِ زینت اور کیا ہو سکتا ہے۔"

خزانے کے نگراں نے کہا۔ "اگر امیر المومنین کی یہی مرضی ہے کہ وہ ہار ملکہ عالیہ کے گلے کی زینت بنے تو اِس غلام کی کیا مجال ہے کہ حیل و حجت سے کام لے۔"

وہ ہار لینے چلا گیا اور بادشاہ نے طروب کو مخاطب کیا۔ "طروب! میں نے وہ ہار بھی منگوا لیا ہے اب تو دروازے کھول دے۔"

طروب نے آہستہ سے کہا۔ "یہ امیر المومنین سے محبت کا اثر ہے کہ میں دروازے کھولے دے رہی ہوں ورنہ میں نے تو آج یہ فیصلہ کر لیا تھا کہ مَر کے ہی اپنی خواب گاہ سے نِکلوں گی۔"

بادشاہ نے کہا۔ "طروب! اگر تو نہ رہی تو میں کب زندہ رہوں گا، میں بھی مَر جاؤں گا!"

بادشاہ نے دروازہ کھولے جانے کی آہٹ سنی اور بے تابانہ دار آگے بڑھا۔ دروازہ آہستہ آہستہ اندر کی طرف کھُلنے لگا اور دیناروں کی تھیلیاں بھی دروازے کے ساتھ ہی اندر کی طرف کھسکنے لگیں۔ بادشاہ نے پوری طرح دروازہ کھلنے کا انتظار بھی نہیں کیا، پوری قوت سے دھکّا دے کر اندر داخل ہو گیا۔ طروب بادشاہ کے قدموں میں گر گئی اور سِسک سِسک کر رونے لگی۔ بادشاہ نے اسے قدموں سے اٹھا کر اپنے سینے سے لگا لیا اور لب و رخسار پر بوسوں کی بارش کر دی۔ بولا۔ "طروب! تو کیوں رو رہی ہے؟ تجھے کیا ہوا؟ رونا تو مجھے چاہیئے، تو مت رو۔"

طروب نے سسکیاں لیتے ہوئے کہا۔ "میں اپنی غلطی پر نادم ہوں کہ میں نے امیر المومنین کو بڑی تکلیف دی۔ میں نے آپ کا دل دُکھایا ہے اور اب میں ہر وہ سزا جھیلنے کو تیار ہوں جو امیر المومنین مجھے دے سکتے ہیں۔"

بادشاہ کی آنکھوں سے خوشی کے آنسو نکل پڑے۔ بولا۔ "میں اور

تجھے سزا دوں؟ طروب! تو کیسی باتیں کر رہی ہے، تجھے سزا دینے کا یہ مطلب ہے کہ میں اپنے آپ کو سزا دے لوں۔"

طروب روتی رہی اور بادشاہ اسے تسلیاں دیتا رہا۔

شاہی خزانے سے ہار بھی آ گیا، بادشاہ نے ہار لے کر خزانے کے نگراں کو واپس بھیج دیا لیکن وہاں نصر اب بھی موجود تھا۔ بادشاہ نے اسے حکم دیا "نصر! تجدید تعلق کی خوشی میں فقراء اور غرباء کو نواز دینے کا میری طرف سے حکم صادر کر دو۔"

نصر نے سر جھکا دیا اور عاجزی سے بولا۔"بہت بہتر ہے امیر المومنین۔"

نصر بھی وہاں سے چلا گیا۔ بادشاہ نے طروب کو پوری قوت سے چمٹا لیا۔ پوچھا۔" آخر تو مجھ سے بدگمان کیوں ہو گئی تھی؟"

طروب نے جواب دیا۔"میں یہ نہیں برداشت کر سکتی کہ مدثرہ حکم اور شفا کو بھی اسی پلڑے میں بٹھا دیا جائے، جس میں، میں پہلے ہی سے موجود ہوں۔"

بادشاہ نے جواب دیا۔"طروب! تو یقین کر کہ میرے دل میں جو تیرا مقام ہے کسی اور کا ہرگز نہیں ہو سکتا۔"

بادشاہ نے بیش قیمت ہار طروب کے گلے میں ڈال دیا اور بولا۔ "یہ دیناروں کی تھیلیاں بھی اب تیری ہی ہیں انہیں لے جا اور اپنے مستقبل کی طرف سے بے نیاز اور بے فکر ہو جا۔"

طروب بادشاہ کو چھوڑ کر ان تھیلیوں کی طرف راغب ہوئی اور انہیں اٹھا اٹھا کر ایک کونے میں جمع کرنے لگی۔ بادشاہ اس کے اس فعل کو شوق اور دلچسپی سے کچھ دیر دیکھتا رہا اس کے بعد خود بھی ان تھیلیوں کے پاس پہنچ گیا۔ بولا۔"یہ کام تیرا نہیں اپنی کنیزوں کو حکم دے وہ انہیں اٹھا کر جہاں تو کہے گی، رکھ دیں گی۔"

طروب نے جواب دیا۔"یہ کام میں خود کر دوں گی، مجھے خود کرتے بہت اچھا لگ رہا ہے۔"

بادشاہ نے کہا۔"تب پھر تیری خاطر مجھے بھی تیری مدد کرنی ہو گی۔" اور پھر وہ خود بھی تھیلیاں اٹھا اٹھا کر طروب کا شریک کار ہو گیا۔ بادشاہ نے سیر و شکار کا منصوبہ ملتوی کر دیا۔

★ ★ ★

بادشاہ نے ایک بار پھر طروب کی بارگاہ نیاز میں نیاز مندی دکھانا شروع کر دی۔ یحییٰ فقیہہ کو بادشاہ کی روش ذرا بھی پسند نہیں آرہی تھی لیکن وہ بادشاہ کی کھلم کھلا مخالفت نہیں کر سکتے تھے۔ انہیں بادشاہ کی ذات میں کچھ غیر معمولی خوبیاں بھی نظر آتی تھیں۔ طروب اس فکر میں تھی کہ وہ بادشاہ کو ان سب کی طرف سے بدظن کر دے۔ اسے یہ بھی معلوم ہو چکا تھا کہ حکم نے بادشاہ کو ایک ایسا گیت سُنایا تھا جس کا روئے سخن خود طروب کی طرف تھا۔ اس نے باتوں ہی باتوں میں بادشاہ سے اس سلسلے میں پوچھا بھی لیکن بادشاہ ٹال گیا۔

انہی دنوں ملک میں بغاوتوں کا سلسلہ شروع ہو گیا۔ بادشاہ اِدھر مشغول ہو گیا۔ اور باغیوں کی سرکوبی کے لئے فوجیں بھیجنے لگا۔ ان فوجوں نے ہر جگہ کامیابی حاصل کی۔ ان مشغولیات نے بادشاہ کو ہر طرف سے غافل کر دیا ایک عرصے بعد جب بادشاہ کو باغیوں کی سرکوبی سے کچھ فرصت ملی تو اس نے طروب کی بارگاہ میں جا کر غم زمانہ سے نجات حاصل کی اس موقع پر طروب نے حکم سے بدلہ لینے کی ایک عجیب ترکیب سوچی۔ اس نے حکم کی ذہانت، حاضر جوابی اور گانے کی بڑی تعریف کی اور بادشاہ کو مجبور کیا کہ وہ ایک محفل موسیقی منعقد کرے اور اس میں طروب کو حکم کا گانا سناتے۔

بادشاہ نے جواب دیا۔ "ایسا ممکن تو ہے لیکن کیا اس طرح تو حکم کی نفرت اور بغض و عناد کا شکار نہ ہو جاتے گی۔"

طروب نے پوچھا۔ "کیسی نفرت؟ کس بات کا بغض و عناد؟"

بادشاہ نے کہا۔ "وہ یہ کس طرح گوارا کرے گی کہ تیری موجودگی میں ایک عام مغنیہ کی طرح گا کر تیرا دل بہلاتے؟"

طروب رُوٹھ گئی، بولی۔ "کیا بادشاہ کے محل سرا اور حرم میں مجھے امتیازی حیثیت نہیں حاصل ہے؟"

"ہے اور بالکل ہے لیکن میں یہ بھی نہیں چاہتا کہ حکم یا کسی اور کو بلاوجہ ذلیل یا شرمسار کروں۔"

طروب اٹھ کر کھڑی ہو گئی۔ "مجھے اجازت دیجئے۔ آج مجھے اپنی حیثیت کا پتہ چل گیا۔۔۔۔"

بادشاہ نے اس کا ہاتھ پکڑنا چاہا لیکن اس نے جھٹک دیا۔ بادشاہ کو اس کی یہ ادا پسند تو نہیں آئی لیکن پھر بھی وہ اٹھا اور طروب کو روک لیا۔ بولا "طروب! تو ناراض کیوں ہوتی ہے۔ میں تیرے لئے یہ تقریب بھی منعقد کروں گا تو فکر مند نہ ہو، اور خود کو ملول نہ کر۔"

طروب نے افسردگی سے کہا۔ "بادشاہ کو میری عادت اور مزاج کا خوب علم ہے، میری نازک مزاجی ایسی باتوں کی متحمل نہیں ہو سکتی جن میں، میں دوسروں کے مساوی قرار دی جاؤں اور دوسرے بھی میرے ہمسر ہو جائیں۔"

بادشاہ نے طروب کو منانے میں کوئی دقیقہ فروگزاشت نہیں کیا اور اسے بڑی مشکلوں سے راضی کیا گو کہ اس کوشش میں اسے طروب کی خدمت میں دو نہایت بیش قیمت انگوٹھیاں پیش کرنی پڑیں۔

بادشاہ نے اس تقریب کا یوں اہتمام کیا کہ اس میں زریاب کی دونوں لڑکیاں علیہ اور حمدونہ اور زریاب کی خاتون شاگرد بھی بلائی گئیں۔ انہی میں حکم کو بھی شامل کر دیا گیا اور اس تقریب کو کچھ ایسا رنگ دیا گیا گویا باکمال مغنیاؤں کا ایک مقابلہ منعقد کر دیا گیا ہے لیکن اس مقابلے میں حکم کو نہیں شامل کیا جائے گا بلکہ وہ جو کچھ بھی سنائے گی مقابلے سے مستثنیٰ ہو کر سنائے گی۔

یہ بات چھپنے والی نہیں تھی کہ اس تقریب موسیقی کے پیچھے کون سے اسباب اور عوامل کارفرما ہیں اور اس کا انعقاد کس کی خواہش پر ہو رہا ہے مدثرہ اور شفا حکم کی طرفدار ہو گئیں اور ان دونوں نے حکم کو خوب خوب سکھایا پڑھایا کہ جس طرح بھی ممکن ہو طروب کو شرمسار ضرور کیا جائے۔ غلام نصر نے بھی کسی کے ذریعے حکم کو یہ پیغام بھیجا کہ اس کی ہمدردیاں حکم کے ساتھ ہیں۔

قصر دمشق میں اس تقریب کا اہتمام کیا گیا۔ آل مروان نے دمشق کی یاد میں یہ قصر تعمیر کرایا تھا۔ یہاں دور کے پہاڑوں سے، زمین دوز راستوں سے چشموں کا پانی لایا گیا تھا۔ چاندی۔ جست اور دوسری دھاتوں کے

نلوں کا جال بچھا ہوا تھا، ان نلوں کے منہ بھی عجیب عجیب شکلوں کے تھے کہیں بلّی کی شکل تھی۔ کہیں بطخ کی چونچ کی طرح، کہیں کسی دوسرے خوشنما پرندکی طرح۔ چودھویں کے چاند نے قصر دمشق کے اس سبزہ زار کو اپنی دھیمی دھیمی سرد و نرم چاندنی سے منوّر کر رکھا تھا جس پر دور دور تک ایک مینا بازار سا لگا ہوا تھا۔ اس تقریب میں محل سرا کی معزز خواتین کے علاوہ نامی گرامی امراء کی بیویاں بھی شریک ہوئی تھیں۔

پورا سبزہ زار پھولوں اور لباسوں کی خوشبو سے مہک رہا تھا۔ خوشبو کی تیزی اور شدت نے بعض نازک مزاج خواتین کو زکام میں مبتلا کر دیا۔

قصر کے صدر دروازے سے زریاب اور اس کی بیٹیوں کی سواری داخل ہوئی تو بیگمات اور خواتین میں غیر معمولی جوش و خروش پیدا ہو گیا۔ اور گلوں سے بے معنی آوازیں نکلنے لگیں۔ سبزہ زار پر ان کے لئے ایک مخصوص جگہ مقرر تھی۔ زریاب کی سواری کے پیچھے ایک اور گاڑی تھی اس میں زریاب کا ساز و سامان رکھا تھا۔ اس گاڑی کے پیچھے چند اور گاڑیاں تھیں ان میں زریاب کی شاگرد مغنیاتیں بیٹھی تھیں۔

سب کے آخر میں قصر ہی کے ایک گوشے سے بادشاہ اپنی بیگمات اور حرم کے ساتھ نمودار ہوا۔ طروب نے اس کا ہاتھ پکڑ رکھا تھا اور یہ بادشاہ کے دائیں جانب تھی۔ بائیں طرف مدثرہ تھی۔ لیکن یہ بادشاہ سے ایک قدم پیچھے تھی۔ مدثرہ کے پیچھے حکم اور شفا تھیں اور یہ دونوں مدثرہ سے بھی ایک ایک قدم پیچھے تھیں۔ ساری محفل مؤدب کھڑی ہو گئی۔ محفل کی خواتین اور دوسرے لوگ آمنے سامنے دو قطاروں میں کھڑے تھے، بادشاہ اور اس کی حرم ان کے درمیان سے گزر رہے تھے۔

بادشاہ نے زریاب کی مزاج پرسی کی اور اسے زحمت استقبال سے معاف فرما دیا۔ بادشاہ کی نظریں بار بار زریاب کے بالوں پر پڑ رہی تھیں زریاب نے سر کے بال چھوٹے کرا رکھے تھے اور مانگ ترچھی نکلی ہوئی تھی بادشاہ نے چلتے چلتے زریاب سے سوال کیا۔" زریاب! لوگوں کے بال تو گدّیوں تک اس طرح بڑھے اور پھیلے ہوتے ہیں کہ گردن کا پچھلا حصہ اس میں چھپ جاتا ہے اس کے علاوہ اب تک مانگ بھی سیدھی ہی نکالی جاتی رہی

ہے لیکن تم نے تو اپنے بال بھی چھوٹے کرا لئے ہیں اور مانگ بھی ترچھی نکالی ہے آخر یہ کس کے طور طریقے تم نے اپنائے ہیں؟"

زریاب نے جواب دیا۔" محترم امیر! یہ میرا خود ساختہ طریقہ ہے میرے اس طریقے میں ایک حُسن ہے جسے آپ بھی محسوس فرما سکتے ہیں۔"

بادشاہ نے محسوس کیا کہ زریاب درست کہہ رہا ہے ترچھی مانگ اور بالوں کی کمی نے اس میں دلکشی پیدا کر دی تھی۔ زریاب کی اس تمدنی تبدیلی کو ہر ایک دلچسپی اور شوق سے دیکھ رہا تھا۔

گانے سے پہلے آنے والوں کی کھانے سے ضیافت کا انتظام کیا گیا تھا۔ ایک شامیانے کے پیچھے سونے اور چاندی کے برتنوں کا انبار لگا ہوا تھا۔ زریاب نے بادشاہ سے درخواست کی۔" حضور! میں سونے چاندی کے برتنوں میں کھانا نہیں کھاتا کیونکہ کوئی بھی دھات ہو اس میں میل ضرور جم جاتا ہے۔ میں نے شیشے کے برتنوں میں کھانا شروع کر دیا ہے اس کے کئی فائدے ہیں۔ ایک تو یہ کہ ان کی صفائی ستھرائی بآسانی ہو جاتی ہے اور دوسرے یہ کہ شیشے کے شفاف برتن میں کھانا دیکھ کر طبیعت کھانے پر راغب ہو جاتی ہے اور جب کھانے کی طرف طبیعت راغب ہو جاتی ہے تو ایسا کھانا ہضم بھی جلد ہو جاتا ہے۔"

بادشاہ نے ہنس کر طنزیہ پوچھا۔" زریاب! تم موسیقار ہو یا ماہر تمدن میں تو ابھی تک تمہیں نہیں پہچان سکا۔"

زریاب نے جواب دیا۔" حضور والا! باتیں تو بہت سی ایسی ہیں جن پر لوگ چونک جائیں گے لیکن یہ محفل موسیقی کی ہے اس لئے بہتر ہے کہ یہاں جو کچھ بھی ہو، اس کا کسی نہ کسی طور موسیقی ہی سے تعلق ہونا چاہیئے۔"

بادشاہ نے ہنس کر کہا۔" بہت خوب۔ میں اس کا خیال رکھوں گا۔"

کھانے پینے کا دور دار دور چلا۔ زریاب اور اس سے متعلق مہمان شیشے کے برتنوں میں کھاتے پیتے رہے۔ ساری محفل زریاب اور اس کی اختراعات کو حیرت و تعجب اور شوق و اشتیاق سے دیکھ رہی تھی۔

بادشاہ نے جس موٹے اور دبیز ریشمی تکیے کا سہارا لے رکھا تھا اس کا رنگ گہرا نیلا تھا جس پر زرد اور سرخ باریک پٹیاں پڑی ہوئی

تھیں اور ان پیٹیوں پر ابھری ہوئی شبیہیں تھیں۔ بادشاہ کے سامنے نہایت ٹھسے سے طرب نیم دراز تھی۔ اس کی ایک کہنی بادشاہ کی ران میں پیوست تھی طرب سے ذرا دور مدبترہ، حکم اور شفا بیٹھی تھیں۔

کافی رات گئے موسیقی کا آغاز ہوا۔ پہلے زریاب کی شاگرد لڑکیوں اور عورتوں نے گیت گائے۔ ان کے بعد مہمان خواتین میں سے چند نے اپنے اپنے گیت سنائے۔

آخر زریاب کی بیٹی علیہ کی باری آگئی۔ جب یہ گانے والیوں کی مقررہ جگہ پر جا کر بیٹھ گئی تو بادشاہ اور طرب کی ایما پر حاضرین محفل نے شورِ استقبال بلند کیا۔

علیہ نے گانا شروع کیا۔ خود اس نے اپنے باپ کا عود پکڑ رکھا تھا اور گانے کے ساتھ ساتھ سیدھے ہاتھ کی پہلی انگلی میں پھنسی ہوئی عقاب کی بڈی کی مضراب سے عود کے رنگ برنگے تاروں کو چھیڑتی جا رہی تھی۔ پیچھے اور دائیں بائیں بیٹھے ہوئے سازندے اپنے اپنے سازوں میں الجھے ہوئے تھے۔ سامعین کو اپنے تن من کا ہوش نہ تھا۔ طرب خوش ہو رہی تھی کہ آج یہ باکمال مغنیائیں حکم کو شرمندہ و ذلیل کر کے رکھ دیں گی۔ اس نے کئی بار حکم کو دزدیدہ نظروں سے دیکھا اور اس کی اندرونی کیفیت کا اندازہ لگانے کی کوشش کی لیکن بظاہر وہ بالکل مطمئن تھی۔

جب علیہ گا چکی تو بادشاہ کی ایما اور تائید میں ایک بار پھر پوری محفل نے صدائے داد و تحسین بلند کی۔

اب حمدونہ کی باری تھی اور یہ زریاب کی نہایت باکمال بیٹی تھی اس کے آتے ہی پوری محفل ہمہ تن گوش ہو گئی۔ حمدونہ نے ایک پُر درد گیت شروع کیا۔ اُس نے اپنے باپ کی آوارہ گردی اور سفری مصائب کا انتہا پُر درد نقشہ کھینچا کہ لوگوں کی آہیں نکل گئیں۔ اس نے اپنے گیت میں یہاں تک کہہ دیا کہ اس کے باپ کو ان تمام بادشاہوں تک پر فوقیت حاصل ہے جو حکومتیں اپنے باپ یا چچا سے ورثے میں پا جاتے ہیں۔ اس نے اپنے باپ کے فن اور کمال کی تعریف کرتے ہوئے کہا کہ جب موسیقی اور مغنیوں کی تاریخ ترتیب دی جائے گی اور ماضی سے مستقبل تک ہزاروں سال پر مشتمل ایک جامع فہرست تیار ہوگی تو اس

میں بھی جو نام سرِ فہرست ہوگا وہ رئیس المغنیین ابوالحسن علی بن نافع الملقب بہ زریاب ہوگا۔

آخر میں حمدونہ نے اسحاق موصلی کو بُرا بھلا کہا۔

"بُرا ہو اُس حسد کا جس نے استاد زمانہ اسحاق موصلی کو بھی بُرا کر دیا میں دعوے سے کہہ سکتی ہوں کہ اسحاق موصلی کا نام مستقبل میں حرفِ غلط کی طرح مٹ چکا ہوگا لیکن علی بن نافع کا نام زندہ و پائندہ رہے گا۔

مجھ سے زمانے نے پوچھا تیرے باپ زریاب کی سب سے بڑی بدقسمتی کیا ہے؟

میں نے جواب دیا۔ اس کے دامن کمال پر اسحاق موصلی کی شاگردی کا بدنما داغ۔

مجھ سے زمانے نے پوچھا۔ اسحاق موصلی کی خوش قسمتی اور شرف و عزت کا سبب؟

میں نے جواب دیا۔ میرے باپ کے استاد ہونے کا درخشاں جھومر۔"

محفل کا بہت بُرا حال تھا، وفورِ غم سے بعض کی ہچکیاں بندھ گئیں۔

جب حمدونہ اپنے باپ کے پاس واپس آگئی تو اس نے بیٹی کو ڈانٹا

"تجھے میرے استاد کو بُرا بھلا کہنے کا حق کس نے دیا؟"

حمدونہ نے جواب دیا۔" اس کے حسد نے، اس کی پیشہ ورانہ رقابت نے، اس کی معاصرانہ دشمنی نے۔"

زریاب نے کہا۔" جب میں نے اسے معاف کر دیا تو تو لب کشائی کیوں کر رہی ہے؟"

حمدونہ خاموش ہوگئی۔ زریاب نے کہا۔" تو نے اپنے گیت میں اپنے محسن بادشاہ کا کوئی ذکر نہیں کیا؟"

حمدونہ نے جواب دیا۔" محض اس خیال سے کہ ممدوح کے سامنے مدح کرنے سے سچ کا خون ہو جاتا ہے اور مدح سرائی میں درباری قصیدہ گوئی کا رنگ پیدا ہو جاتا ہے ایک ایسی قصیدہ گوئی، جس میں ممدوح کی اُن تمام صفات کا ذکر آجاتا ہے جو اس میں سرے سے ہوتی ہی نہیں۔"

بادشاہ نے زریاب کو مزید جرح اور سرزنش سے روک دیا۔" زریاب! اب بس بھی کر۔ تیری بیٹی بڑی حاضر جواب ہے اور اس لائق ہے کہ اسے کسی امیر یا وزیر سے منسوب کیا جائے۔"

زریاب چپ ہو گیا۔ اب بادشاہ کی کنیز حکم کی باری تھی جب وہ گانے والیوں کی مقررہ جگہ پر پہنچی تو ہلکا ہلکا شور استقبال بلند ہوا طرب سنبھل کر بیٹھ گئی۔ مدثرہ اور شفا کے دلوں کی دھڑکن ذرا تیز ہو گئی کیونکہ یہ بڑی آزمائش کا وقت تھا۔

حکم نے تمہیداً عرض کیا۔" علیہ اور حمدونہ کے بعد اپنا رنگ جمانا بڑا مشکل کام ہے۔ یہ اس عہد کے سب سے بڑے مغنی کی باکمال بیٹیاں ہیں حمدونہ نے اپنے پُر درد گیت سے سامعین کو رُلا دیا ہے میں کوشش کروں گی کہ روتے چہروں کو ہنسا دوں۔"

طرب کا چہرہ طنزیہ استہزا کی شرارت سے مسکرانے لگا۔ بادشاہ حکم کو محبت سے دیکھنے لگا۔

حکم نے اپنا گیت شروع کر دیا۔

"کہتے ہیں جب قسام ازل نے انسانی ارواح کو لباس جسمانی بخشنا چاہا تو اس نے ان سے پوچھا، بتاؤ تمہیں اس پیکر جسمانی میں اور کیا کیا درکار ہے؟

ارواح نے عجیب و غریب خواہشات کا اظہار کیا۔ کسی نے شرارت مانگی، کسی نے ذہانت مانگی، کسی نے سیرت چاہی، کسی نے صورت چاہی کسی نے جلال طلب کیا، کسی نے جمال طلب کیا، کچھ نے کمال کی خواہش کی، کسی نے ان سب کا امتزاج طلب کیا۔

میں نے اپنے رب سے کہا۔ مجھے سیرت، صورت، ذہانت، کمال، شوخی اور بذلہ سنجی کا آمیزہ دو گے، میرے قریب ہی کچھ ایسی ارواح بھی تھیں جو میری اس طلب پر طنزاً مسکرا رہی تھیں انہوں نے مجھ سے کہا۔ تم ہر چیز ذرا ذرا سی طلب کر کے خود کو ضائع کیوں کر رہی ہے۔ کوئی ایک ہی چیز کیوں نہیں مانگ لیتی۔ میں نے انہیں جواب دیا۔ اسے میں نے تمہارے لئے چھوڑ دیا ہے، چنانچہ انہوں نے اپنے رب سے بے پناہ

حُسن طلب کر لیا۔ انہوں نے اپنے رب سے کہا۔ اِس حُسن کے ساتھ ہمیں ایک ایسا ظرف بھی عطا فرما دے جو کبھی سیر ہی نہ ہو، جو ہمیشہ مزید کی طلب میں رہے۔ رب نے انہیں یہ سب عطا فرما دیا۔ اور افسوس سے کہا۔ زمانہ کی قسم انسان بڑے خسارے میں ہے وہ ارواح آج ہم سب کے سامنے بڑے تماشے دکھا رہی ہیں ان کے حسن نے انہیں سب سے اونچے مقام پر پہنچا دیا ہے لیکن ان کی حرص و آز نے انہیں سب سے نیچے گرا دیا ہے۔

میں اپنے رب کی شکر گزار ہوں کہ میں افراط و تفریط کی شکار نہیں۔

کہتے ہیں، فرشتوں نے آدم سے پوچھا۔ کیا یہ حُسن و جمال کے پیکر اور حرص و ہوس کے غلام تیری ہی اولادیں ہیں؟

آدم نے افسوس سے جواب دیا۔ اگر مجھے وثوق سے یہ معلوم ہو جائے کہ یہ بھی میری ہی اولادیں ہیں تو میں دو میں سے ایک کام ضرور کر دوں۔ یا تو ایسی بے ہودہ اور دون فطرت اولاد پیدا کرنے کے جرم میں حوّا کو طلاق دے دوں یا پھر ان نالائق اولادوں کو عاق کر دوں۔“

پوری محفل کا ہنسی کے مارے بُرا حال تھا، خود بادشاہ بھی ہنسی روکنے کی کوشش میں طروب کی گھنی زلفوں میں اپنا چہرہ چھپائے لے رہا تھا طروب غصّے میں پاگل ہو رہی تھی۔ بادشاہ نے اس کے کان میں کہا۔ ”طروب! خود کو قابو میں رکھ، ورنہ محفل کے لوگ تجھے پہچان لیں گے۔“

طروب نے طیش میں کہا۔ ”تو آپ بھی مجھے یہی سمجھتے ہیں؟“

بادشاہ نے جواب دیا۔ ”میں تجھے یہ تو نہیں سمجھتا لیکن حکم کے مزاح نے مستقلاً میرے پیٹ میں گدگدی کر رکھی ہے۔“

طروب نے کہا۔ ”مجھے اِس محفل میں لا کر ذلیل کیا گیا ہے۔“

بادشاہ نے جواب دیا۔ ”اِس محفل کا انعقاد تیری مرضی اور تیری خواہش پر ہوا ہے۔ اگر تو پسند کرے تو تو بھی حکم کی جگہ پر جا بیٹھ اور اسی طرح اُسے تو بھی ذلیل کر دے۔“

طروب نے غصّے میں کہا۔ ”میں ملکہ ہوں، کوئی مسخری یا پھکڑ باز نہیں۔“

”تب پھر چُپ رہ“ بادشاہ نے کہا۔

طروب چپ تو ہو گئی لیکن حسد اور انتقام کی آگ سینے میں شعلہ بن کر بھڑک اٹھی اور یہ انتقام کسی سے بھی لیا جا سکتا تھا، اس کا شکار حکم بھی ہو سکتی تھی اور خود بادشاہ بھی۔

اس موقع پر انعام و اکرام کی تقسیم میں بادشاہ نے بڑی فراخدلی سے کام لیا۔ لیکن سب سے زیادہ انعام زریاب کی بیٹیوں کو عطا کیا گیا۔ بادشاہ نے انعامی رقم کا ایک شقہ شیخ الخزان (خزانے کا افسر اعلیٰ) موسیٰ بن حدیر کے نام لکھ دیا۔ بعد میں خزانے کے افسر اعلیٰ نے زریاب کو یہ رقم نہیں دی اور نہایت خوبصورتی سے ٹال دیا، لیکن بادشاہ نے یہ رقم اپنے پاس سے دیدی۔

★ ★ ★

اندلس کی شمال مغربی ریاست جلیقیہ نے معاہدات کی خلاف ورزی کر کے بادشاہ کو بہت تنگ کر رکھا تھا۔ بادشاہ نے اس پر فوج کشی کی ضرورت محسوس کی۔ اس نے حرم سرا اور قرطبہ کی مجلسی زندگی کو خیرباد کہا اور دریائے منہو اور ایلہ کی سرزمین میں داخل ہو گیا۔ یہاں جابجا پہاڑی سلسلے پھیلے ہوئے تھے اور یہاں کی زمین اور پہاڑی نوکیں مغرب کے سمندر میں داخل ہو گئی تھیں۔ بادشاہ دشمنوں کے لئے سرکش لیکن اپنی وفادار فوجوں کو لے کر جلیقیہ کی سرزمین کو روندتا ہوا دور تک چلا گیا۔

دریائے ایلہ کے کنارے مسطح زمین پر شاہی افواج کے خیمے اس طرح پھیلے ہوئے تھے جیسے گول، چوکور اور تکون کپڑوں کے درختوں کا جنگل زمین سے اُگ آیا ہو، اور انہیں دور سے دیکھنے سے ایسا لگتا گویا زمین پر شہد کی مکھیوں نے چھتہ لگا رکھا ہے۔ شاہی خیمہ اپنی وسعت اور کشادگی میں سب سے نمایاں تھا۔ بادشاہ کو اس دور افتادہ سرزمین میں طروب کی یاد ستاتی رہتی۔ وہ اپنے فرصت کے لمحات میں طروب کو ہجر و مفارقت کی وارداتیں لکھتا رہتا۔ اسے خوب معلوم تھا کہ اس طرح کے اشتیاق نامے اور مفارقت کے مکتوب طروب کو اور زیادہ سرکش اور خودبین و خود آرا بنا دیں گے لیکن وہ اپنی محبت کے ہاتھوں مجبور تھا۔

جلیقیہ کی مہم سے فارغ ہو کر جب وہ قرطبہ کی طرف واپس ہوا تو

اس کی عجیب کیفیت تھی۔ وہ جلد از جلد طروب کی باہوں میں پہنچ جانا چاہتا تھا۔ راستے کے سرسبز مناظر اور دلکش نظارے اس کو اپنی طرف نہیں متوجہ کر سکے۔ جب دور سے اسے جبالِ قرطبہ نظر آنے لگے تو وہ گھوڑے کی پشت پر ہی از خود رفتہ ہو گیا اور قرطبہ کی طرف منہ کر کے گھوڑے کی پشت ہی پر سر بسجود ہو گیا اور خدا کا شکر ادا کیا جس نے اسے جلیقیہ کی کامیاب مہم سے واپس لا کر قرطبہ کی جاں فزا سرزمین میں پہنچا دیا تھا۔

رمضان شروع ہو چکے تھے بادشاہ سیدھا طروب کے پاس پہنچا اور ایک عرصے کی جدائی کا غم غلط کرنے لگا۔ حرم سرا کی دوسری خواتین کو طروب سے اور زیادہ رشک و حسد ہو گیا۔ بادشاہ صوم و صلوٰۃ کا پابند تھا لیکن طروب کے اصرار اور بے اعتدالی نے بادشاہ کا ایک روزہ قضا کرا دیا۔ یہ خبر ایسی نہ تھی کہ راز رہ جاتی۔ محل سرا سے نکل کر امام یحییٰ تک پہنچ گئی اور امام یحییٰ نے جواب دہی کے لئے بادشاہ کو مذہبی عدالت میں طلب کر لیا۔

امام یحییٰ بادشاہ کو اپنے سامنے دیکھ کر ادب سے کھڑے بھی نہیں ہوتے اور بیٹھے ہی بیٹھے بولے۔ "کیا یہ درست ہے کہ بادشاہ کا ایک روزہ کسی عذر شرعی کے بغیر قضا ہو گیا ہے؟"

بادشاہ نے گردن جھکا لی اور جواب دیا۔ "ہاں یہ خبر درست ہے اور میں شرمندہ ہوں اور اس کا کفارہ ادا کرنے کو تیار ہوں۔"

اس مقدمہ کی روداد کچھ اور لوگ بھی سن رہے تھے انہیں امام یحییٰ کے مرتبے اور مقام کا اس وقت صحیح اندازہ ہو رہا تھا۔ امام یحییٰ نے جواب دیا "آپ کو اس ایک روزے کے بدلے ساٹھ روزے رکھنا پڑیں گے۔"

ایک امیر نے امام یحییٰ سے پوچھا۔ "کفارے میں ساٹھ روزے داروں کو افطار بھی تو کرائی جا سکتی ہے پھر یہ ساٹھ روزے رکھنے کی سزا کیوں؟"

امام یحییٰ نے جواب دیا۔ "ساٹھ روزے داروں کو افطار کرانے کا کفارہ ان پر واجب ہے جن کی مالی حالت اچھی نہیں ہوتی لیکن بادشاہ ساٹھ تو کیا ساٹھ ہزار روزے داروں کو افطار کرا سکتا ہے۔ وہ کفارہ جس میں مکلف کو کسی قسم کا ذہنی، مالی اور جسمانی دکھ نہ برداشت کرنا پڑے وہ کفارہ قابل قبول نہیں۔"

بادشاہ نے بسر و چشم امام یحییٰ کی یہ سزا قبول کر لی لیکن طروب سے وہ ذرا بھی بدظن نہ ہوا اور اس معاملے میں وہ خود ہی کو خطا کار ٹھہراتا رہا۔
رمضان کے بعد بادشاہ نے متواتر ساٹھ روزے رکھ کر ایک قضا روزے کا کفارہ ادا کر دیا۔

⁂ ⁂ ⁂

انہی دنوں قرطبہ میں ایک نیا فتنہ جاگ اٹھا۔ قرطبہ کے یولاجیس نامی مذہبی پیشوا نے احیائے دین مسیحی کا آغاز ایک عجیب و غریب طریقے سے کیا۔ اپنی تحریروں اور تقریروں سے اس نے عیسائیوں میں جوش و خروش کی ایک نئی روح پھونک دی۔ اس نے عیسائیوں میں شوقِ شہادت پیدا کر دیا شوقِ شہادت کو پورا کرنے کا جو طریقہ اس نے نکالا، وہ مسلمانوں کے لئے بہت پریشان کن اور تکلیف دہ تھا۔ اس نے اپنی تحریروں اور تقریروں میں رسولِ مقبول ؐ کو گالیاں دینا عین ثواب قرار دیا۔ اور اس جنون میں قتل کئے جانے والوں کو شہید کے مرتبے کی بشارت دی۔
امام یحییٰ اور دوسرے فقیہانِ اسلام نے ان دریدہ دہنوں کے لئے موت کی سزا تجویز کی۔ بادشاہ کے لئے یہ بڑا نازک لمحہ تھا۔ قرطبہ اور اس کے قرب و جوار میں ہر طرف مسیحی آباد تھے اور یہ زندگی کے تمام شعبوں میں موجود تھے۔ یہاں تک کہ سرکاری ملازمتوں میں بھی مسیحی موجود تھے۔ بادشاہ نے فقیہوں کو سمجھایا کہ اس سلسلے میں زیادہ جوش و خروش سے کام نہ لیا جائے اور جس طرح بھی ممکن ہو ان مذہبی دیوانوں کو سمجھا بجھا کر ٹھنڈا کرنے کی کوشش کی جائے اور اگر کوئی واقعی اپنے اس مذموم فعل سے باز نہ آئے تو اس پر حدِ شرعی جاری کی جائے۔
بادشاہ کے لئے یہ بہت بُرا زمانہ تھا۔ وہ رسولِ مقبول ؐ کی اہانت ہرگز برداشت نہ کر سکتا تھا۔ پُرجوش پادری برملا، بازاروں میں رسول اللہؐ کو گالیاں دینے اور کیفرِ کردار کو پہنچ جاتے۔ اس تحریک میں مردوں کے ساتھ عورتیں بھی شامل ہو گئیں۔ ایک طرف یہ ہنگامے تھے دوسری طرف بادشاہ کی صحت جواب دے رہی تھی۔ شاہی اطباء اپنی کوششوں میں لگے تھے۔ وہ بادشاہ کو صحتمند

رکھنا چاہتے تھے لیکن بادشاہ اندر ہی اندر گھلتا جا رہا تھا۔
اس کا غلام نصر خود بھی کبھی عیسائی تھا لیکن بعد میں مسلمان ہو گیا اور مسلمان ہو کر اس نے عیسائیوں کے خلاف جو اقدامات کیئے وہ حد درجہ متعقبانہ تھے۔ وہ عیسائیوں سے مسلمانوں کے مقابلے میں کئی گنا زیادہ جلتا تھا بادشاہ کی طرف سے اسے یہ اختیار حاصل ہو چکا تھا کہ وہ جنونی پادریوں اور مسیحیوں کے لئے موت کا دن معین کرے۔
بادشاہ نے وادی الکبیر پر ایک شاندار پل تعمیر کرایا تھا بادل نخواستہ اسے دیکھنے گیا۔ پل کے نیچے دریا کی پرسکون روانی نے اس کے دل پر بڑا اثر کیا اسے معلوم تھا کہ یہی دریا جب اشبیلیہ میں داخل ہوتا ہے تو اس کی روانی میں قیامت کی شدت پیدا ہو جاتی ہے۔ اسے ایسا لگا جیسے وادی الکبیر کی روانی میں اس کی اپنی زندگی کی مطابقت پائی جاتی ہے۔ شکست، مضمحل، اداس تھکی ہوئی غموں سے چور، وہ جب واپس ہوا تو اسے خنکی سی محسوس ہوئی اس کے ساتھ اس کا سب سے بڑا بیٹا محمد بھی تھا۔ بادشاہ نے بیٹے سے پوچھا۔ "محمدؐ! میرے چہرے کو غور سے دیکھو اور سچ سچ بتا، اس میں تجھے کیا محسوس ہوتا ہے؟"
بیٹے نے جواب دیا۔ "مجھے تو آپ کے رخساروں میں زندگی کی شگفتگی آنکھوں میں ارادوں کی مضبوطی اور پیشانی پر طول طویل تجربات اور کامرانیوں کی روشن لکیریں صاف نظر آ رہی ہیں۔"
بادشاہ نے کہا۔ "تو مجھے بہلا رہا ہے، حالانکہ میں جانتا ہوں کہ میرے دل کی طرح میرا چہرہ بھی بجھ چلا ہے۔"
بیٹے نے کہا۔ "خدا نہ کرے۔"
بادشاہ نے کہا۔ "یہ خدا نہیں کر رہا۔ خدا اپنے کلام میں فرماتا ہے کہ تم سنتِ الٰہی کو بدلا ہوا نہیں پاؤ گے۔ دنیا کی ہر شے پرانی ہو رہی ہے یہاں کے موجودات کو عمل فرسودگی گھن کی طرح کھا جاتا ہے وقت اور زمانہ اور زمانے کے چھوٹے چھوٹے لمحات جو ہمیں نظر نہیں آتے دنیا کی ہر شے کو دیمک کی طرح چاٹے جا رہے ہیں۔ سنتِ الٰہی کے اسی عمل کا میں بھی شکار ہو رہا ہوں۔"
بیٹے کو باپ کی پُر درد باتوں پر رونا آ گیا۔ اس نے اپنی ڈھیلی ڈھالی آستین سے آنسو پونچھ ڈالے۔ بولا۔ "میں یہ ساری باتیں نہیں سننا چاہتا خدا کے لئے چپ ہو جایئے۔"

بادشاہ نے جواب دیا۔" میری جگہ سنبھالنے کے لئے تیار رہ اور جہاں کہیں بھی رہ، تیرے دونوں کان قصر الکبیر کے اس گوشے میں لگے رہیں جہاں ایک بوڑھا آدمی آخر کار دم توڑ دے گا۔"

بیٹا آہستہ آہستہ رونے لگا۔

راستے میں ایک جگہ بڑی بھیڑ لگی تھی۔ بادشاہ کی آمد سے مجمع چھٹ گیا لیکن ان میں چند ایسے بھی تھے جو وہیں کھڑے رہے اور بادشاہ کی سواری دیکھنے لگے۔ بادشاہ نے ان کے قریب پہنچ کر اپنا گھوڑا روک دیا، اور مجمع کے ایک عمر رسیدہ شخص سے پوچھا۔" کیا بات ہے؟ تم لوگ یہاں کیوں جمع ہو؟"

بوڑھے نے جواب دیا۔" یہ مسیحی دکان دار ہمارے رسولؐ کو گالیاں دے رہا تھا۔ ہم نے اسے پکڑ لیا اور اب اسے قاضی کے پاس لئے جا رہے تھے کہ آپ تشریف لے آئے۔"

بادشاہ نے کہا۔" اسے میرے قریب لاؤ میں اس سے چند باتیں کروں گا۔"

ادھیڑ عمر پادری بادشاہ کی خدمت میں پیش کر دیا گیا۔

بادشاہ نے پوچھا۔" کیا تو حضرت مسیح پر صدق دل سے یقین رکھتا ہے؟"

"ہاں مجھے ان کی نبوت پر پورا یقین اور بھروسہ ہے۔"

بادشاہ نے پوچھا۔" کیا مسیح نے کہیں یہ کہا ہے کہ تو دوسرے ہادیانِ دین کے ساتھ گستاخی کرے؟"

پادری نے دلیری سے جواب دیا۔" ہاں مسیح نے یہ فرمایا ہے کہ جو شخص لوگوں کے سامنے میرا منکر ہوگا، کل روز قیامت میں اپنے آسمانی باپ کے حضور میں اس کا منکر ہو جاؤں گا۔"

بادشاہ نے تحمل سے کہا۔" لیکن حضرت مسیح نے یہ بھی تو فرمایا ہے کہ اپنے دشمن سے محبت اور نفرت کرنے والوں سے نیک سلوک کرو اور یہ بھی فرمایا ہے کہ حقیر جاننے اور تکلیف دینے والوں کے حق میں دعائے خیر کرو۔"

پادری نے شوق شہادت میں رسول اللہؐ کو گالیاں دینا شروع کر دیں۔ بولا۔" میں تیرے نبی کے خلاف جو کچھ کہتا ہوں تو یہ سمجھ لے کہ اس میں حضرت مسیح کی مرضی شامل ہوتی ہے۔ خدا نے اب تک جتنے دروغ گو

پیدا کیئے ان میں سرفہرست تیرا نبی ہے۔"

شہزادہ محمد نے ایک دم گھوڑے سے چھلانگ لگا دی اور پادری کو زمین پر گرا کر اس کا گلا گھونٹنے لگا۔ خود بادشاہ کا غصے سے بہت برا حال تھا۔ لیکن اس نے شہزادے محمد کو منع کیا۔" محمد! تو اسے چھوڑ دے، کل اسے مذہبی عدالت میں پیش کر دیا جائے گا اور یہ وہاں سے سزا پالے گا۔"

شہزادہ محمد نے اسے چھوڑ دیا۔ لیکن چھوڑتے چھوڑتے کئی تھپڑ ضرور رسید کر دیئے۔

بادشاہ ایک تو یوں ہی اداس اور مضمحل تھا اس پر اس پادری کی دریدہ دہنی، بادشاہ کے قوی خود کو کمزور محسوس کرنے لگے۔ اس کی پنڈلیوں سے جان کھنچنے لگی۔ وہ محلسرا میں داخل ہوتے ہی طروب کے پاس پہنچا اور نہایت رقت سے کہا۔" طروب! مجھے سکون دے میں بہت پریشان ہوں۔"

طروب نے بادشاہ کا سر اپنی آغوش میں رکھ لیا۔ اور بالوں میں آہستہ آہستہ انگلیوں سے خلال کرنے لگی۔ اس موقع پر طروب نے شاید پہلی بار بادشاہ کے چہرے پر کمزوری اور بڑھاپے کے شدید آثار محسوس کیے۔

بادشاہ نے پوچھا۔" طروب! کیا میں سچ مچ بوڑھا نظر آنے لگا ہوں؟"

طروب نے جواب دیا۔" بادشاہ کبھی بوڑھے نہیں ہوتے۔"

اس جواب سے بادشاہ خوش نہیں ہوا۔ بولا۔" طروب! مجھے اس وقت شاعرانہ باتوں کی ضرورت نہیں ہے، میں تھکتا جا رہا ہوں میں اندر سے برف کی طرح پگھل رہا ہوں طروب۔ میں بھربھری۔ دیمک زدہ دیوار کی طرح خاک میں ملتا جا رہا ہوں۔"

طروب نے رونے کی اداکاری کی۔ بولی۔" میں بادشاہ کی ان باتوں کی متحمل نہیں ہو سکتی۔ مایوسی کفر ہے۔ حضور والا اس کفر سے بچنے کی کوشش کریں۔"

بادشاہ آنکھیں بند کئے پڑا رہا اور طروب اسے اپنی آغوش کی گرمی سے سکون پہنچاتی رہی۔

اس دن ذرا تاخیر سے طروب کو وہ بات بھی معلوم ہو گئی جو بادشاہ نے اپنے بیٹے محمد سے کی تھی، ولی عہدی والی بات، طروب کو محمد کی ولی عہدی

میں اپنے لئے سیاہی اور تاریکی محسوس ہوئی۔ اس کا بھی ایک بیٹا عبداللہ تھا، طروب کے تیز ذہن نے فوراً یہ فیصلہ کر لیا کہ اسے بہر قیمت عبداللہ کو برسرِ اقتدار لانا ہے۔ محمد کو نہیں۔

طروب نے بادشاہ کی عدم موجودگی اور لاعلمی میں غلام نصر کو بلایا جب وہ آ گیا تو طروب نے پوچھا "تجھے میرے پاس آتے ہوئے کسی نے دیکھا یا نہیں؟"

نصر نے جواب دیا "ہاں محلسرا کے چند محافظوں نے مجھے دیکھ لیا ہے۔"

"تب تو بہت برا ہوا" طروب فکرمند ہو گئی۔ "میں تجھ سے چند اہم باتیں کرنا چاہتی ہوں۔"

"تو کہیئے، میں آ تو گیا ہوں۔"

"نہیں، ابھی نہیں" طروب نے کہا۔ "تو میرے پاس ایک بار پھر آئے گا، وہ باتیں بہت تفصیلی ہیں۔ بس یہ سمجھ لے کہ وزارت عظمےٰ تیرا انتظار کر رہی ہے۔"

"سچ؟" نصر بھونچکا رہ گیا۔ "نصر اور وزارتِ عظمیٰ! خداداد بات ہوگی۔"

اس وقت تو تو واپس جا" طروب نے کہا۔ "میں کل سے پرسوں تک تیرا انتظار کروں گی۔"

نصر ذرا دیر کھڑا طروب کو دیکھتا رہا۔ بولا "ملکہ عالیہ! میں چلا تو جاؤں گا لیکن اس رمز و کنایے کی گفتگو سے بیں پریشان رہوں گا کہ ملکہ عالیہ معلوم نہیں، کس قسم کی باتیں کرنا چاہتی تھیں۔"

طروب نے کہا۔ "پریشان ہونے کی کوئی ضرورت نہیں بس یہ سمجھ لے کہ تیری قسمت پلٹ رہی ہے!"

نصر نے کچھ سوچتے ہوئے منہ بنا کے گردن ہلائی۔ بولا۔ "آپ نے مجھے الجھن میں ڈال دیا، معلوم نہیں کیا بات ہے؟"

نصر چلا گیا لیکن اس کا چین وسکون غارت ہو گیا۔ اس نے پوری رات کروٹیں بدل کے کاٹ دی۔

صبح بادشاہ نے اسے حکم دیا کہ طروب کی طبیعت خراب ہے تو شاہی طبیب حرانی کو اسی وقت ساتھ لے کر ملکہ کے پاس جا اور اسے دکھلا کر دوائیں

پہنچا کے وہیں موجود رہ، کیونکہ معلوم نہیں ملکہ کو تیری کب ضرورت پیش آجائے!"

نصر سمجھ گیا کہ اسے اپنے پاس بلانے کی یہ ترکیب بھی ملکۂ طروب ہی کی سوچی ہوئی ہے۔ اس نے اسی وقت شاہی طبیب حرانی کو ساتھ لیا اور ملکہ کے پاس پہنچ گیا۔

طبیب نے اس کا خوب اچھی طرح حال پوچھا اور دوائیں دینے کی غرض سے نصر کو دواخانے لے آیا۔ اسے دوائیں دیں، دواؤں کی ترکیب استعمال بتائی اور نصر دوائیں لے کر دوبارہ طروب کے پاس پہنچ گیا۔

طروب نے مسکرا کر سوال کیا۔"بول، تجھے یہاں بلانے کی کیسی ترکیب رہی؟"

نصر نے جواب دیا۔"ملکۂ عالیہ کی عقل کا جواب نہیں اس عقل ہی نے تو بادشاہ کو آپ کا گرویدہ بنا رکھا ہے!"

طروب آس پاس کا جائزہ لینے اِدھر اُدھر ٹہل آئی پھر پاس آکر نصر سے پوچھا۔"تو نے بادشاہ کی صحت پر بھی کبھی غور کیا؟ میرا خیال ہے وہ اب مستقلاً بیمار رہنے لگے ہیں۔"

نصر نے کہا۔"ہاں، شاید بڑھاپا بہت تیزی سے انہیں اپنی گرفت میں لے رہا ہے!"

طروب نے پوچھا۔"بادشاہ نے اب تک ہم سب کا بے حد خیال رکھا ہے لیکن پھر بھی میرے حاسدوں نے مجھے ایسی بہت سی چیزوں سے محروم رکھا ہے جس کی میں مستحق تھی۔ تیرا حال مجھے معلوم نہیں۔"

نصر نے دبے لفظوں میں شکایت کی۔"ملکۂ عالیہ! میں بھی اپنے حاسدوں کا شاکی ہوں، میں صلاحیتوں کے اعتبار سے کسی بہت بڑے منصب کا مستحق تھا لیکن اس سے محروم رہا۔"

طروب نے کہا۔"تو یہ ثابت ہے کہ ہم دونوں ہی ناانصافیوں کا شکار رہے ہیں!" وہ کچھ کہنا چاہتی تھی لیکن الفاظ حلق میں پھنس رہے تھے۔ نصر مظلوم بنا فدویت سے اس کی شکل دیکھ رہا تھا۔

"پرسوں میں نے بادشاہ کی حالت پر غور کیا تو بہت دکھ ہوا بادشاہ چراغِ سحری ہیں۔ کسی وقت بھی بجھ سکتے ہیں۔ بادشاہ کے بعد ہمارا کیا حشر ہوگا؟

کسی کو بھی نہیں معلوم۔ میں چاہتی ہوں کہ اپنے مستقبل کا تحفظ تیری مدد سے کروں اگر تو نے میرا ساتھ دے دیا تو تیرے دن بھی پھر جائیں گے اور یہ میرا وعدہ ہے کہ وزارتِ عظمیٰ تیرے علاوہ کسی کو بھی نہیں ملے گی۔"

نصر کے منہ میں پانی بھر آیا۔ بولا۔" میں آپ کا ساتھ دینے پر آمادہ ہوں۔"

ملکہ نے کہا۔" میں تفصیل بعد میں بتاؤں گی کہ ہم دونوں کو کیا کرنا ہوگا لیکن پہلے تو خود اچھی طرح غور و خوض کر لے کہ اس راہ میں اگر تجھے میرے ساتھ کوئی ناجائز قدم اٹھانا پڑے تو تو خوفزدہ ہو کر پیچھے تو نہیں ہٹ جائے گا؟"

نصر نے جواب دیا۔" ملکہ عالیہ! مجھے کچھ بھی نہیں سوچنا۔ میں ہر وہ کام کر سکتا ہوں جس میں مجھے آپ کی سرپرستی اور مدد حاصل ہوگی میں آپ کی حکم عدولی کر ہی نہیں سکتا۔"

طروب نے کہا۔" میں چاہتی ہوں کہ بادشاہ کے بعد میرا بیٹا عبداللہ جانشین ہو، بادشاہ کا رجحان محمد کی طرف ہے۔"

نصر نے کہا۔" لیکن جانشینی کا مسئلہ تو بادشاہ کے بعد کھڑا ہوگا ابھی سے آپ کیوں فکر مند ہیں؟"

" نصر! تو میری بات نہیں سمجھ رہا۔ ہمیں بادشاہ کی موت کا انتظار نہیں کرنا چاہیئے، اگر تو ہمت کر جائے تو یہ کام ابھی انہی دو چار دنوں میں میں ہو سکتا ہے۔"

" وہ کس طرح؟"

طروب نے نصر کی آنکھوں میں ڈوب کر دیکھا۔ پھر ادھر ادھر دیکھ کر سرگوشی میں بولی۔" تجھے بادشاہ کی طبعی موت کا انتظار نہیں کرنا چاہیئے۔"

نصر کے خون میں سردی کی لہر سی دوڑ گئی۔ اس کے دل و دماغ جھنجھنا اٹھے خوابیدہ لہجے میں پوچھا۔" یعنی کیا بادشاہ کو۔۔۔۔"

طروب نے اس کے منہ پر ہاتھ رکھ دیا۔ وہ قیمتی ہاتھ جنہیں بادشاہ کے علاوہ کوئی بھی نہ چھو سکتا تھا۔ آج نصر کے منہ پر رکھا تھا۔ نصر نے دونوں ہاتھوں سے اسے ہونٹوں پر رہتے رکھا اور زبان سے چھوا کر اس کے بوسے لینے لگا۔ اس نے مخمور نظروں سے ملکہ کو دیکھا۔ ان نظروں میں خواہشیں تھیں

پیغام تھا، طلب تھی، مطالبے تھے۔ اس نے معنی خیز نظروں سے ملکہ کو گھورتے ہوئے سوال کیا۔ "آپ کیا چاہتی ہیں، میں جانتا ہوں لیکن اس کا صلہ ؟ عوض، معاوضہ ؟"

"وزارتِ عظمیٰ اور اس کے سوا بھی بہت کچھ!"

نصر نے ملکہ کا دوسرا ہاتھ بھی پکڑ لیا پوچھا۔ "کیا یہ بھی ؟"

ملکہ نے ہاتھ چھڑا لیا، بولی۔ "قبل از وقت کچھ بھی نہیں، لیکن اگر میرا بیٹا عبداللہ برسرِ اقتدار آ گیا تو میں تجھے تیری حیثیت سے زیادہ دوں گی۔"

نصر نے زیادہ جسارت سے کام لینا چاہا۔ اس نے ملکہ کو کھینچ کر اپنی آغوش میں چھپا لینا چاہا لیکن ملکہ تلملا کر مچھلی کی طرح نکل گئی اور بولی۔ "ابھی نہیں، ابھی کچھ نہیں، ابھی کچھ بھی نہیں۔"

نصر کی آتشِ شوق کچھ زیادہ ہی بھڑک گئی۔ اس نے قسم کھائی۔ "ملکۂ عالیہ! واللہ اگر آپ اپنے وعدوں کی سچی ہیں تو یقین رکھیئے آپ کے بیٹے عبداللہ کے علاوہ کوئی شہزادہ برسرِ اقتدار نہیں آ سکتا۔"

ملکہ نے کہا۔ "تب پھر میرے اس وعدے پر بھی یقین رکھ کہ اس کے صلے میں تجھے جو کچھ دیا جائے گا اس کا تو گمان بھی نہیں کر سکتا۔"

یہاں سے نصر بادشاہ کے پاس پہنچا اور اسے ملکہ کی خیریت سے آگاہ کیا۔ بادشاہ نے اسے حکم دیا۔ "رسول مقبولؐ کی شان میں گستاخیاں کرنے والے پادری کو عدالت نے سزائے موت کا حکم سنا دیا ہے۔ موت کی سزا کا دن تو مقرر کر دے گا۔"

نصر نے جواب دیا۔ "ظل اللہ! رمضان کے دن ہیں اس لئے رمضان میں تو اس ناہنجار کو سزائے موت دی ہی نہیں جا سکتی رمضان کے بعد عید منائی جائے گی۔ اس لئے یہ عید کا دن پادری کی سزائے موت کے لئے سب سے زیادہ مناسب ہو گا۔"

بادشاہ نے مسکرا کر کہا۔ "خوب۔ تو گویا جب سارے مسلمان عید کی خوشیاں منا رہے ہوں گے تو اس بدبخت کو اپنی زندگی کا سیاہ ترین دن دیکھنا نصیب ہو گا۔ گویا عید کی خوشیوں میں مسلمانوں کے لئے ایک اور خوشی کا اضافہ ہو گا۔"

نصر نے ادب سے عرض کیا۔" جی بندہ پرور۔ اس بدبخت کو مرنے سے پہلے جتنا بھی جلایا جا سکے جلایا جائے۔"

بادشاہ نے کہا۔" لیکن میں خود اس سے خوش نہیں ہوں، خدا ہمیں اور اس جاہل پادری کو معاف کرے، میں اسے سولی دینا پسند نہیں کرتا۔ لیکن اس کا جرم ہی ایسا ہے کہ اسے معاف نہیں کیا جا سکتا۔"

★ ★ ★

بادشاہ کی صحت جواب دے رہی تھی۔ شاہی طبیب حرانی بادشاہ کو جو دوائیں دے رہا تھا ان سے کوئی خاص فائدہ نہیں پہنچ رہا ہے بادشاہ کی دوائیں کبھی نصر ہی لاتا اور تیار کرتا تھا۔

رمضان ختم ہو رہے تھے۔ شاہی طبیب حرانی نصر کو دوائیں دینے اٹھا تو نصر نے رازداری سے پوچھا۔" کیا تمہارے دوا خانے میں زہر بھی ہوتا ہے؟"

طبیب حرانی چونک پڑا۔ وہ ایک لمحے کے لئے مڑا، اور تعجب سے پوچھا۔ "کیسا زہر؟"

نصر نے لاپروائی سے جواب دیا۔" ایسا زہر، جو بہت زیادہ مہلک ہو اور جسے آج تک استعمال نہ کیا گیا ہو۔"

طبیب نے پوچھا۔" اس کا مصرف؟ اسے کرو گے کیا؟"

نصر نے جواب دیا۔" میں اس زہر کو ان مذہبی دیوانوں پر استعمال کرنا چاہتا ہوں جو ہمارے رسولؐ کی شان میں گستاخیاں کر رہے ہیں۔"

طبیب نے کہا۔" لیکن انہیں تو سولیوں پر چڑھایا جا رہا ہے اور ان کے لئے یہ سزا مناسب ہے۔"

نصر نے زچ ہو کر کہا۔" میں بلا وجہ کی بحث میں اپنا وقت نہیں ضائع کروں گا، اگر تم یہ زہر دے سکو تو دے دو، میں تمہیں اس کا بہت معقول معاوضہ دوں گا۔"

طبیب چپ ہو گیا لیکن وہ سوچ میں پڑ گیا کہ نصر یہ زہر کس کے لئے طلب کر رہا ہے۔ نصر کے جواب سے وہ بالکل مطمئن نہ ہوا تھا۔

نصر جب دوبارہ حرانی سے ملا تو اپنے ساتھ دو ہزار دینار بھی لے گیا۔

بولا۔" یہ اس زہر کا معمولی سا نذرانہ ہے لیکن اگر تم نے میرا یہ کام کر دیا تو میں تمہیں اور بہت کچھ بھی دوں گا۔"

دو ہزار دیناروں کی طمع طبیب حرانی پر غالب آگئی اور اس نے کچھ پس و پیش کے بعد یہ رقم لے لی۔

دیناروں کا قبول کرنا تھا کہ نصر کا انداز ہی بدل گیا۔ بولا۔" جیسا کہ میں نے تمہیں بتایا، ابھی تمہیں اور بہت کچھ بھی ملے گا لیکن اس کی بنیادی شرط یہ ہے کہ یہ بات صیغۂ راز میں رہے گی۔ اگر یہ بات پھیل گئی تو پھر سمجھ لینا کہ ہمیں ہماری بد بختیوں نے گھیر لیا ہے۔"

طبیب حرانی نے جواب دیا۔" کیا مجھے اپنی موت بلانی ہے جو میں بادشاہ کے مقرب خاص نصر کے راز کو افشا کروں گا۔"

نصر کے دل میں طروب نے جو آتش شوق بھڑکائی تھی وہ لمحہ بہ لمحہ بھڑکتی ہی رہی۔ اس کے شعلے یہاں تک اٹھے کہ نصر سے بے احتیاطیاں سرزد ہونے لگیں۔ وہ کسی قسم کا ادب لحاظ کئے بغیر ہی طروب کے پاس پہنچنے لگا ملکہ کو یہ بے احتیاطی پسند نہ آئی۔ اس نے نصر کو سمجھایا۔" نصر! ابھی سے تیرا یہ حال ہے؟ میں تو ڈرنے لگی ہوں کہ کہیں یہ سارا منصوبہ کسی ذرا سی بے احتیاطی یا لاپروائی سے خاک میں نہ مل جائے۔"

نصر نے جواب دیا۔" ملکۂ عالیہ! مجھے میری حد سے زیادہ خوش نصیبی نے ماؤف الدماغ کر دیا ہے۔ اس میں کچھ غلطیاں سرزد ہو سکتی ہیں۔ لیکن میں آپ کو پھر بھی یہ یقین دلاؤں گا کہ منصوبہ پر پوری ہوش مندی سے عمل کیا جائے گا آپ یہ سن کر ضرور خوش ہوں گی کہ طبیب حرانی نے دو ہزار دیناروں کے عوض سم قاتل کی فراہمی کا وعدہ کر لیا ہے۔"

"سچ؟" ملکہ نے خوش ہو کر سوال کیا۔

"بالکل سچ ہے ملکۂ عالیہ، آپ فکر نہ کریں!"

طروب نے کہا۔" تب پھر تو بھی یہ یقین کر لے کہ تو بہت جلد فرش سے عرش پر پہنچ جائے گا۔"

نصر نے شیخی سے کہا۔" اس وقت میں بادشاہ کا سب سے زیادہ معتمد ہوں، بادشاہ میرے نشانہ سے نہیں بچ سکتا۔"

ملکہ مسکرانے لگی۔ لیکن گفتگو ایسے لہجے میں کی جس میں خوشی کے ساتھ ساتھ خوف کا عنصر بھی شامل تھا۔ بولی: "نصر! تو میری ایک بات بطورِ خاص ذہن میں محفوظ رکھ۔ بادشاہ پھر بادشاہ ہے اور تو ایک غلام ہے۔ ان دونوں مراتب کا فرق تو خوب جانتا ہے۔ بادشاہ ایک بڑے ملک پر حکمرانی کرتا ہے اور تو محض حکم کا بندہ ہے، بادشاہ مرتے مرتے بھی کوئی ایسا داؤں ضرور کر سکتا ہے کہ وہ تجھے مات دے دے۔"

نصر کچھ زیادہ ہی خود اعتمادی کا شکار تھا جوش سے بولا: "بادشاہ پورے ملک پر حکومت کرتا ہے اور میں بادشاہ کے دل پر حکومت کرتا ہوں، دھوکہ کھانے کا سوال ہی نہیں پیدا ہوتا۔"

ملکہ چپ ہو گئی اور نصر خیالوں ہی میں ملکۂ عالیہ کے حسن پر نثار ہونے لگا۔

* * *

قصر الکبیر کی شاہی خلوت گاہ میں بیمار بادشاہ کے قدموں میں غلام نصر کھڑا تشویش ظاہر کر رہا تھا۔ اس نے کہا: "حضور! اس طبیب کے چکر میں زیادہ نہ پڑیئے، میرے خاندان میں ایک پرانا نسخہ چلا آ رہا ہے ہم لوگ اس پر نہایت پُراسرار انداز میں عمل کرتے چلے آ رہے ہیں اگر حضور فرمائیں تو یہ مقوی اعضائے رئیسہ نسخہ میں تیار کروں۔"

بادشاہ نے کمزور آواز میں کہا: "میرے جوش اور ولولے تقریباً ختم ہو چلے ہیں، کیا انہیں ایک بار پھر بیدار کیا جا سکتا ہے؟ کیا میں ایک بار پھر جوانوں جیسی چستی اور اشتعال حاصل کر سکتا ہوں؟"

نصر نے جواب دیا: "حضورِ والا! دنیا میں کوئی بات بھی ناممکن نہیں، جس دوا کا میں ذکر کر رہا ہوں وہ سو سالہ بوڑھے کو بھی جوان بنا دیتی ہے!"

بادشاہ نے خاموشی اختیار کی۔

نصر نے پوچھا: "حضور حکم دیں تو میں اپنی مقوی اعضاء و اعصاب دوا تیار کروں۔"

بادشاہ نے آہستہ سے کہا: "تیار کر۔"

نصر خوش خوش وہاں سے نکلا اور گھر پہنچ کر دوا تیار کرنے لگا۔

رمضان ختم ہوتے، شام کو چاند دیکھنے کے لئے نظریں آسمان کی طرف اٹھ گئیں۔ نصر روزہ افطار کر کے پادری کی کوٹھری میں پہنچا وہ اس وقت انجیل کے چند ٹکڑے ادا کر رہا تھا، نصر کو دیکھتے ہی چپ ہو گیا۔ نصر نے کہا۔ "چپ کیوں ہو گئے، اپنے خدا سے دعائے مغفرت کر لو۔"

پادری نے کہا۔ "نصر! تو بھی اسی ملک کا باشندہ ہے، تیرے باپ دادا بھی مسیحی تھے۔ لیکن تو جاہ و منصب کے لالچ میں مسلمان ہو گیا۔ لیکن ایک بات مجھے سچ سچ بتا دے۔"

نصر نے کہا۔ "پوچھو۔"

پادری نے کہا۔ "کیا تو ہم مسیحیوں کے ساتھ جو کچھ بھی کرتا ہے جاہ و منصب کی خاطر کرتا ہے یا واقعی دل سے کرتا ہے؟"

نصر نے جواب دیا۔ "احمق! میرے اسلام کو تو ابھی تک شک و شبہے کی نظر سے دیکھتا ہے، میں سچا مسلمان ہوں اور مرتے دم تک مسلمان رہوں گا، مسیح کا فلسفۂ حیات کم از کم میری سمجھ میں نہیں آتا۔"

"توبہ کر توبہ۔!" پادری نے غصے میں کہا۔ "کیوں کفر بکتا ہے۔" اس کے بعد اس نے رسول اللہ کو گالی دی۔ نصر نے پوری قوت سے اس کے منہ پر مکا رسید کر دیا اس کے کئی دانت ٹوٹ گئے اور منہ سے خون جاری ہو گیا۔

پادری نے اپنی آستین سے خون پونچھا اور منہ میں بھرے ہوئے خون کی کلی کر دی۔ بولا۔ "تم لوگ مجھے قتل کیوں نہیں کر دیتے۔ میں موت سے نہیں ڈرتا۔"

نصر نے جواب دیا۔ "کل عید ہے۔ میں نے تیری موت کو عید تک کے لئے اٹھا رکھا تھا۔ کل جب تمام مسلمان عید کی خوشیاں منا رہے ہوں گے تو انہیں ایک خوشی تیری موت سے بھی حاصل ہو گی۔"

پادری جھلا اٹھا بولا۔ "او کمین انسان! تو واقعی شیطان کا چیلا ہے، افسوس کہ یہ میرے اختیار میں نہیں ہے ورنہ میں مسلمانوں کو اسی خوشی سے محروم رکھتا۔"

نصر وہاں سے چلا آیا۔

دوسرے دن نمازِ عید کے بعد پادری کو سولی پر چڑھانے کے لئے عید گاہ کے جایا گیا۔ ہر طرف خوشیاں ہی خوشیاں بکھری ہوئی تھیں ہزاروں آدمیوں کے مجمع میں پادری یکہ و تنہا تماشا بنا کھڑا تھا۔ مسلمان اسے دیکھ دیکھ کر خوش ہو رہے تھے پادری اپنی بے بسی اور تنہائی پر کڑھ رہا تھا۔ سولی پر چڑھنے سے پہلے مسلمانوں سے انتقام لینے یا انہیں روحانی صدمہ پہنچانے کا ایک ہی طریقہ اس کے اختیار میں تھا اور وہ تھا رسولِ مقبول ﷺ کو گالیاں دینا۔ چنانچہ اس نے چلا چلا کر گالیاں دینا شروع کر دیں مسلمانوں نے اس کی زباں بندی کے لئے فوراً ہی سولی پر چڑھا دیا۔ سولی پر چڑھنے سے پہلے پادری نے نصر کو بد دعا دی۔" نصر! خداوند مسیح تجھے ہلاک کریں۔ میں تو جا رہا ہوں لیکن وہاں تیرا انتظار کروں گا۔"

نصر نے پادری کے منہ پر نفرت سے تھوک دیا۔

پادری کے سولی پر چڑھائے جانے کی خوش خبری لے کر نصر بادشاہ کے پاس پہنچا اس وقت وہ ندیاب سے باتیں کر رہا تھا۔ پھر یحییٰ فقیہہ بھی مزاج پرسی کو پہنچ گئے۔ نصر نے جب پادری کے مرنے کی خبر سنائی تو بادشاہ کے سوا سبھی نے سبحان اللہ کہا۔ بادشاہ نے افسوس سے کہا" مجھے اس دیوانگی سے جان دینے کا افسوس ہے۔ ان کی عقلوں کو کیا ہو گیا ہے کہ یہ اس احمقانہ موت کو شہادت سمجھتے ہیں۔"

یکے بعد دیگرے سبھی چلے گئے۔ تو نصر نے عرض کیا۔" حضور! وہ دوا تیار ہو چکی ہے، جب فرمائیں حاضر کر دی جاتے۔"

بادشاہ نے کہا۔" چند دن ٹھہر جا۔ میں کچھ اور دوائیں کھا رہا ہوں۔ ان کے بعد میں خود طلب کر لوں گا۔"

نصر نے بادشاہ کے چہرے کو غور سے دیکھنے کی کوشش کی لیکن رعبِ شاہی سے نہ دیکھ سکا۔ پھر بھی کہنے لگا۔" حضورِ والا کو اپنی صحت پر خاص توجہ دینی چاہیئے اس غلام سے تو حضور کی یہ حالت نہیں دیکھی جاتی۔"

بادشاہ اس کی باتوں سے عاجز آ چکا تھا۔ بیزاری سے بولا۔" اب تو جا سکتا ہے!"

یہ یہاں سے سیدھا ملکۂ عالیہ کو سلام کرنے پہنچ گیا اور تخلیہ میں یہ خوش خبری سنائی کہ بس دو چار دن کی اور بات ہے بادشاہ نے اس کی مقوی اعصاب زہریلی دوا کھانا قبول فرما لیا ہے۔"

ملکہ نے کہا۔ "جس دن تو مجھے یہ خوش خبری سناتے گا میں تیرا منہ موتیوں سے بھر دوں گی۔"

نصر بولا۔ "بس اپنے بیٹے عبداللہ کو تیار رکھئے، جیسے ہی محلسرا سے صدائے نالہ و شیون بلند ہو، عبداللہ کو تاج و تخت سنبھال لینا چاہیئے۔"

طروب نے کہا۔ "اللہ نے چاہا تو ایسا ہی ہوگا۔"

جب نصر ملکہ سے یہ باتیں کر رہا تھا، شاہی طبیب حرانی بادشاہ کی خدمت میں موجود، نہایت پر اسرار باتیں کر رہا تھا۔

وہ بادشاہ سے سرگوشی میں پوچھ رہا تھا خدا بادشاہ کو تا قیامت سلامت رکھے۔ اس دوران غلام نصر نے حضور کو کوئی مقوی دوا تو نہیں کھلائی؟"

بادشاہ نے جواب دیا۔ "ابھی تک کھلائی تو نہیں کھلانے پر مصر ضرور ہے۔"

طبیب نے دو ہزار دینار بادشاہ کے سامنے ڈھیر کر دیئے اور پورا قصہ سنا کے عرض کیا۔ "وہ زہر مجھ سے لیا گیا ہے اور جہاں تک میری ناقص عقل کام کر رہی ہے میں یہی سمجھنے پر مجبور ہوں کہ وہ زہر خدا نخواستہ حضور ہی کے لئے حاصل کیا گیا ہے۔"

بادشاہ سناٹے میں آ گیا۔ حیرت سے پوچھا۔ "یہ کام نصر نے کیا ہے؟"

"جی حضور!" طبیب سینے پر ہاتھ باندھ کر مؤدب کھڑا ہو گیا۔

بادشاہ نے ایک لمبی ہنکاری بھری اور طبیب سے کہا۔ "تو یہاں سے چپ چاپ نکل جا، خبردار جو کسی اور سے اس کا ذکر کیا۔"

طبیب نے دیناروں کی طرف اشارہ کرتے ہوئے کہا۔ "انہیں شاہی خزانے میں داخل کرا دیجئے۔"

بادشاہ نے کہا۔ "نہیں اسے اپنے ساتھ لے جا۔ میں تجھے اور انعام بھی دوں گا۔"

طبیب حرانی چلا گیا۔

اس وقت بادشاہ کی حالت بڑی افسوسناک تھی اسے نصر پر غصہ بھی آ رہا تھا اور افسوس بھی ہو رہا تھا، وہ دیر تک ادھر ادھر ٹہلتا رہا لیکن کہیں سکون نہ تھا۔ آخر تنگ آ کر وہ طروب کے پاس چلا گیا ملکہ نے بادشاہ کو خلافِ

معمول اپنے سامنے دیکھ کر بناوٹی خوشی کا اظہار کیا۔ بولی۔ "زہے نصیب کہ حضور نے قدم رنجہ فرماکر میری عید کی خوشیوں کو دوبالا کر دیا۔"

بادشاہ کچھ دیر تک محویت سے ملکہ کو دیکھتا رہا۔ پھر پوچھا۔ "طرب: مجھے ایسا لگ رہا ہے جیسے میں اب زیادہ دن نہیں جیوں گا۔ مرنے سے پہلے چند اہم فیصلے ضرور کر دینا چاہتا ہوں۔"

طرب نے بادشاہ کو اپنی آغوش میں لے لیا۔ بولی۔ "کھڑے کھڑے تھک جائیں گے، میری آغوش میں دبک کر، پہلو میں بیٹھ جائیے، اس طرح باتوں میں بھی مزہ آئے گا۔"

بادشاہ معمول بن گیا اور طرب کے پہلو میں بیٹھ گیا۔ بولا۔ "میرے بعد سب سے اہم مسئلہ ولی عہد کا ہے، تو کیا کہتی ہے، میں کسے ولی عہد بنا دوں؟"

طرب نے جواب دیا۔ "محمد ٹھیک رہے گا!"

بادشاہ نے اس عیار عورت کا چہرہ دیکھنا چاہا لیکن وہ اپنا منہ دوسری طرف کر چکی تھی۔

بادشاہ نے کہا۔ "پہلے میرا بھی یہی خیال تھا لیکن کچھ دنوں سے میں عبداللہ کی سعادت مندی اور خردمندی کا مشاہدہ بھی کر رہا ہوں اور اس نتیجے پر پہنچا ہوں کہ میرے بعد اگر کوئی ملک کا نظم ونسق چلا سکتا ہے تو وہ یہی عبداللہ ہے۔ تب پھر عبداللہ ہی کو ولی عہد کیوں نہ قرار دے دیا جائے۔"

طرب نے انکساری سے عرض کیا۔ "میں کیا کہہ سکتی ہوں بادشاہ کی نظریں جوہر شناس ہیں۔ ان کے فیصلے ہمیشہ صحیح ہوتے رہے ہیں اور یہ فیصلہ بھی غالباً درست ہی ہوگا۔"

بادشاہ نے کہا۔ "میں عنقریب اس کا اعلان کر دوں گا لیکن تو اپنی زبان بند رکھے گی کیونکہ قبل از وقت تیری لب کشائی مجھے مصیبت میں مبتلا کر دے گی۔"

طرب نے جواب دیا۔ "میں لب کشائی کیوں کروں گی؟ میں امورِ مملکت میں دخل اندازی بالکل پسند نہیں کرتی۔"

بادشاہ نے ہنس کر کہا۔ "اس خوش خبری کے بعد تم مجھے کس طرح خوش کرد

گی۔ یہ میں بھی دیکھنا چاہتا ہوں۔"

طروب نے سرتاپا نیازمندی سے کہا۔"میں تو بادشاہ کی ادنیٰ کنیز ہوں، یہ میری مجال کہ میں بادشاہ کو خوش کرنے کا دعویٰ کروں، بادشاہ خود ہی خوش ہو لیتے ہیں، یہی میرے لئے وجہ افتخار ہے۔"

بادشاہ نے طروب کی گردن میں دونوں ہاتھ حمائل کر دیئے اور اس کی آنکھوں میں آنکھیں ڈال کر کہا۔"طروب! انتیس اکتیس سال حکومت کرنے کے بعد میں اس نتیجے پر پہنچا ہوں کہ کارِ کشور کشائی دردِ سر کے سوا کچھ بھی نہیں اس راہ میں کیسے کیسے زخم کھانے پڑتے ہیں! بظاہر تو ایک بادشاہ کے گرد و پیش ہزاروں لاکھوں جاں نثار جمع ہو جاتے ہیں لیکن حقیقتاً ان میں ایک بھی جاں نثار نہیں ہوتا۔ ایک حساس بادشاہ کے لئے اگر کوئی جان لیوا احساس ہو سکتا ہے تو وہ یہ ہے کہ وہ اپنی بادشاہت کی وجہ سے کسی سے سچی محبت نہیں حاصل کر سکتا۔ بظاہر عورتیں اس پر جان چھڑکتی ہیں لیکن ان عورتوں کے دلوں میں کیا ہوتا ہے، یہ وہی جان سکتی ہیں یا پھر خدا جانتا ہے۔"

طروب کے کان کھڑے ہوئے کہ آج یہ بادشاہ باتیں کیسی کر رہا ہے کہیں اسے سازش کا علم تو نہیں ہو گیا۔ ٹوہ لینے کے لئے بولی۔"آخر یہ یک بیک بادشاہ پر قنوطیت کا دورہ کیوں پڑ گیا؟ کیا بادشاہ کو ہماری محبت کا یقین نہیں ہے؟"

بادشاہ نے آنکھیں بند کر لیں۔ بولا۔"طروب! مجھے ایسا لگ رہا ہے کہ اب بس اگر اس سال کو گزار لوں تو بڑی بات ہے، میرے بعد تیرا بیٹا حکومت کرے گا۔ اس کی بدقسمتی پر میں آنسو بہانے پر مجبور ہوں اگر تو میرا مشورہ قبول کرے تو اپنے بیٹے کو حکومت قبول کرنے سے منع کر دے۔"

طروب نے جلدی سے جواب دیا۔"بادشاہ باپ کا بیٹا، باپ کا ورثہ قبول کرنے کا پابند ہوتا ہے، اور میرے خیال میں اگر باپ نے مصیبتیں جھیلی ہیں اور کارزارِ حیات میں سکون کی سانس نہیں لی ہے تو ایک فرمانبردار بیٹے کو اس کی اتباع ضرور کرنا چاہیئے۔"

"تیری مرضی!" بادشاہ نے افسوس سے کہا۔"میں تجھے سب سے زیادہ چاہتا ہوں اس لئے تیرے بیٹے کی جانشینی پر مجبور ہوں۔"

* * *

شہر میں مذہبی دیوانوں کی وباء پھوٹ پڑی اور رسول اللہؐ کو بُرا بھلا کہہ کر سولی پر چڑھ جانا فیشن میں داخل ہوگیا۔ ان میں مرد اور عورتیں دونوں ہی شامل تھے۔ ان دیوانوں میں فلورا نامی ایک نہایت حسین و جمیل لڑکی بھی شامل تھی۔ فلورا کا باپ مسلمان تھا۔ لیکن ماں عیسائی تھی۔ باپ کے مرنے کے بعد ماں نے فلورا کو مسیحیت کا گہرا درس دیا۔ جس کے نتیجے میں فلورا کٹر مسیحی بن گئی۔ اس کے بھائی کٹر مسلمان تھے۔ یہ بھائیوں کے پاس سے نکل بھاگی۔ لیکن پکڑ کے پھر بھائیوں کے حوالے کر دی گئی یہ کھیل آنکھ مچولی کی طرح کچھ دن کھیلا جاتا رہا۔ آخر فلورا نے بھی مذہبی دیوانوں کی روش اختیار کی اور رسول اللہؐ کی اہانت پر اُتر آئی اسے گرفتار کر کے زنداں میں ڈال دیا گیا قاضی نے اس کی کم سِنی اور حسن سے متاثر ہو کر سمجھانے کی کوشش کی لیکن یہ نہیں باز آئی آخر سولی پر چڑھا دیئے جانے کا فیصلہ سُنا دیا گیا۔ بادشاہ یہ ساری خبریں سُن رہا تھا اور ہر خبر اس کے دل پر ایک گھاؤ ڈال رہی تھی۔

بادشاہ اداس اور ملول بیٹھا کسی فکر میں غلطاں تھا۔ چند گانے والیاں طربیہ نغمات سے بادشاہ کے مرجھاتے دل کو تروتازہ کرنے کی کوشش کر رہی تھیں یہیں بادشاہ نے حکم کو طلب کیا۔ جب وہ آگئی تو بادشاہ نے کہا۔ "حکم! دنیا کی بے ثباتی اور انسانوں کی بے وفائی نے میرے دل کو داغدار کر رکھا ہے۔ گھڑی دو گھڑی میرے قریب رہ کر تو ہی میرا دِل بہلا۔"

حکم نے بادشاہ کا سر اپنے زانو پر رکھ لیا بولی۔ "بادشاہ کو یہ گھاؤ تو ہر دل میں ملے گا۔ یہاں جس کا مرتبہ جتنا بڑا ہے اس کے دل میں یہ گھاؤ بھی اتنے زیادہ ملیں گے۔"

بادشاہ نے پوچھا۔ "حکم! سچ بتا کیا تجھے بھی اِس نوع کے غم ستاتے ہیں؟"

حکم نے سنجیدگی سے سوال کیا۔ "بادشاہ کو اگر یہ معلوم ہو جائے کہ ان کی محبوب ترین ملکہ بادشاہ کے علاوہ کسی اور سے محبت کرتی ہے تو اس کا بادشاہ کے دل پر کیا اثر ہوگا؟"

بادشاہ نے جواب دیا۔ "کچھ ایسے ہی غم تو میرے دل کو چاٹے جا رہے ہیں!"

حکم نے کہا۔" اور یہ غم میں ایک عرصے سے جھیل رہی ہوں بادشاہ کو میرے علاوہ بھی خواتین پسند ہیں۔ بادشاہ کو اس کا حق بھی پہنچتا ہے۔"

بادشاہ اس کی باتیں نہایت غور سے سنتا رہا، حکم بولتی رہی۔" لیکن ان معاملات میں ہم کر بھی کیا سکتے ہیں، اس دنیا کی عجیب ریت ہے اور انسان کی جس خمیر سے تعمیر ہوتی ہے خرابی وہیں سے چلی آرہی ہے جس بات سے کسی ایک کو خوشی حاصل ہوتی ہے اس سے دوسرے کو دکھ پہنچ جاتا ہے۔"

بادشاہ نے کہا۔ حکم! خدا نے تجھے بڑی عقل دی ہے انسان میں اتنا شعور ہو جتنا تجھ میں ہے تو شاید خوش رہ سکتا ہے!"

حکم نے کہا۔" نہیں ایسا نہیں ہے۔ اس شعور سے انسان خوش نہیں رہ سکتا بلکہ زندگی کی تلخیوں کا مردانہ وار مقابلہ کر سکتا ہے یا حالات سے سمجھوتہ کر کے کسی حد تک مطمئن ہو سکتا ہے۔"

بادشاہ کے دل سے بوجھ اترنے لگا۔ اسے ذرا سکون ملنے لگا۔

* * *

بادشاہ نے نصر کو طلب کر لیا اور یہ بھی کہلایا کہ وہ اب تک جس مقوئی اعصاب دوا کا ذکر کرتا رہا ہے اسے اپنے ساتھ لیتا آئے بادشاہ اسے استعمال کرنا چاہتا ہے۔

بادشاہ کا یہ پیغام جب نصر کو ملا تو اس کی خوشی کی انتہا نہ رہی۔ وہ اپنی مسموم دوا لے کر فوراً بادشاہ کی خدمت میں پہنچ گیا بادشاہ نے مسکراتے ہوئے خوش آمدید کہی۔ بولا۔" آج میرے دل پر کچھ زیادہ گرانی محسوس ہو رہی ہے اور میں نے فیصلہ کر لیا ہے کہ میں طبیب حیرانی کی مقویات کی بجائے تیرے خاندان کی دوا استعمال کروں، کیونکہ تو اس کی ایک مدت سے تعریف کرتا چلا آرہا ہے۔"

نصر خوشی سے باغ باغ ہو گیا۔ بولا۔" یہ اس غلام کے حق میں مایۂ ناز اور باعث افتخار ہے کہ حضور میرے خاندانی نسخے کو شاہی طبیب کے نسخے پر فوقیت دے رہے ہیں۔"

بادشاہ اس وقت بہت خوش تھا۔ پوچھا۔" وہ دوا ساتھ لایا ہے؟"

نصر نے ایک نقرئی ڈبیا بادشاہ کے روبرو کر دی بولا۔" یہ رہی وہ دوا۔ میں اسے حسب فرمان شاہی اپنے ساتھ لیتا آیا ہوں۔"

بادشاہ نے ہاتھ بڑھا کر یہ ڈبیا نصر سے لے لی اور اسے کھول کر دیکھنے لگا۔ نصر کا دل دھک دھک کر رہا تھا۔ بادشاہ نے ڈبیا کھول کر ناک سے لگائی، سونگھتے ہوئے پوچھا۔" اس میں تو بڑی خوشبو پائی جاتی ہے کیا اس میں زعفران بھی شامل ہے؟"

نصر نے جواب دیا۔" جی حضور! حضور کی قوت شامہ اور حس ممیزہ کی جتنی تعریف کی جائے کم ہے۔ زعفران تو اس میں جزو غالب ہے۔"

بادشاہ نے پوچھا۔" اس دوا کے فائدے کیا کیا ہیں؟"

نصر نے جواب دیا۔" مفرح قلب و دماغ، ذہنی انتشار کی دشمن فکر و تشویش کی قاتل، اعصاب کو توانائی بخشنے والی، اعضاء کے لئے آب حیات اور اور ان خفتہ قوتوں کے حق میں تریاق جو عمر کے ساتھ زوال پذیر ہوتی رہتی ہیں اور جن کی کمی یا محرومی سے انسان کا دل زندگی اور دنیا سے بیزار ہو جاتا ہے۔"

بادشاہ نے نصر کو غور سے دیکھا پوچھا۔" تیری عمر کیا ہے؟"

نصر نے جواب دیا۔" پچاس پچپن سال۔"

" تو اس کا یہ مطلب ہوا کہ تیرے اعصاب اور اعضا بھی انحطاط اور کمزوری کا شکار ہو چکے ہیں۔"

نصر گھبرایا۔ وہ بادشاہ کا کچھ کچھ مطلب سمجھ رہا تھا۔ آہستہ سے بولا۔" ہاں، بڑھاپے نے مجھے بھی پکڑ لیا ہے!"

بادشاہ نے کہا۔" میں چاہتا ہوں اس دوا کو پہلے تو استعمال کر، میں اس دوا کے مفید اثرات تجھ میں مرتب ہوتے دیکھنا چاہتا ہوں۔"

نصر نے جھکا کر بادشاہ کی طرف دیکھا۔ اس کے جی میں آئی کہ وہ سب کچھ سچ سچ بادشاہ کو بتا دے اور اپنے ساتھ ملکہ طروب کو بھی کھینچ لے، لیکن وہ ایسا نہیں کر سکا۔ وہ ملکہ طروب کو اس مصیبت میں نہیں پھنسانا چاہتا تھا۔

بادشاہ نے چاندی کے چمچے میں ڈبیا کی دوا نکالی اور نصر کی طرف ہاتھ بڑھاتا ہوا بولا۔" لے اسے کھالے۔"

نصر انکار نہیں کر سکتا تھا۔ بدرجہ مجبوری وہ دوا حلق سے اتار گیا۔ فوراً ہی بولا۔" حضور مجھے گھر جانے کی اجازت مرحمت فرمائیں کیونکہ اس دوا کو کھانے کے بعد عرق گلاب کا پینا بہت ضروری ہے۔"

بادشاہ ہنس دیا۔ بولا۔" اب تم جا سکتے ہو۔"

نصر محلسرا سے نکلتے ہی سیدھا طبیب حیرانی کے پاس پہنچا اور اسے پورا واقعہ بتا کے اس سے اس زہر کا تریاق دریافت کیا۔ طبیب نے جواب دیا۔" تو نے دیر کر دی اگر تو فوراً ہی آجاتا تو میں تجھے بکری کا دودھ پینے کو دیتا۔"

نصر کی نسوں میں روح کھنچ رہی تھی، اس کی جان نکلی جا رہی تھی حیرانی کو ڈانٹ کر کہنے لگا۔" اگر میں اب بکری کا دودھ پی لوں تو؟"

طبیب نے جواب دیا۔" زہر تیری نس نس میں داخل ہو چکا اس لئے اب اس کا کوئی علاج نہیں، قسمت کے لکھے کو خوش دلی، ہمت اور استقلال سے قبول کر اور خدا کی مشیت پر قانع رہ۔"

نصر نے طبیب پر حملہ کرنا چاہا لیکن اب زہر ہاتھوں میں بھی پہنچ چکا تھا، ہاتھوں نے نصر کے ارادوں کا ساتھ نہیں دیا اور نہ بانہہ کچھ دور تک اٹھے اور پھر اس کی اپنی رانوں پر گر گئے۔

طبیب ہنسنے لگا۔ بولا۔" کیا تو یہ بھول گیا تھا کہ ایک بادشاہ اور غلام کی عقل میں کتنا فرق ہوتا ہے؟"

نصر کے ڈوبتے ہوئے حواس میں طروب کا دھندلا دھندلا چہرہ ابھر ابھر کر غائب ہونے لگا۔ اسے اس عالم میں بھی بے ربطی سے یاد آیا کہ یہی بات ایک بار طروب بھی کہہ چکی ہے۔

نصر لڑکھڑاتے قدموں سے بدقت تمام اپنے گھر روانہ ہوا لیکن راستے ہی میں گر کر مر گیا۔

★ ★ ★

نصر کی موت کی خبر آناً فاناً مشہور ہو گئی۔ جب یہ خبر طروب کے کانوں تک پہنچی تو وہ بہت گھبرائی، لیکن بادشاہ نے اسے کچھ بھی نہ کہا لیکن بادشاہ کی اندرونی پریشانی کوئی بھی محسوس کر سکتا تھا اسے اندر ہی اندر یہ غم کھائے جا رہا تھا کہ اس نے جنہیں مال و دولت اور اپنے لطف و کرم سے نوازا آج وہی اس کی جان کے درپے ہیں۔ اس نے زریاب کو بلایا محفل رقص و سرود منعقد کی۔ بادشاہ کسی بھی طرح دل کی بھڑاس نکالنا چاہتا تھا لیکن دل پر جو گھٹا سی چھا گئی تھی

رہ نہ کھلتی تھی نہ برستی تھی۔
قصر الکبیر کے ایک گلُ بار حصے میں محفل رقص منعقد کی گئی، اور بادشاہ کے ایما پر یہاں جو گیت گائے گئے وہ سارے ہی حزنیہ تھے۔ بادشاہ نے زریاب سے بطورِ خاص کہا۔" زریاب! میں رونا چاہتا ہوں۔ میرے دل پر غم واندوہ کی ایک بھاری سِل رکھی ہوئی ہے اگر یہ سِل اپنی جگہ سے نہ ہٹی تو میں اس بوجھ تلے دب کر ہلاک ہو جاؤں گا۔ خدا کے لئے تم سب مجھے ایسے گیت سُناؤ جن میں دُنیا کی بے ثباتی اور اپنوں کی بے وفائی کا ذکر کیا گیا ہو۔"
زریاب نے ادب سے سوال کیا۔" کیا ظِل اللہ کا لوگوں کے سامنے آنسو بہانا مناسب ہے؟"
بادشاہ نے جواب دیا۔" گریہ کو میں اپنے علاج کے طور پر قبول کر رہا ہوں اور اس عالم میں جبکہ حزنیہ نغمات پوری محفل کو رُلا رہے ہوں، بادشاہ کا رو دینا عین فطری عمل ہوگا۔ اور محفل کے لوگ اسے عیب نہیں سمجھیں گے۔"
بادشاہ آج بھی طروب کو اپنے پہلو میں بٹھلاتے تھا اور طروب کے چہرے پر آج ہمیشہ جیسا تفاخر اور بڑائی کی چمک نہیں تھی اس کے دل کا چور بار بار چٹکیاں لے رہا تھا اور غالباً یہ بہت بڑی سزا تھی۔ جو بادشاہ اسے دے رہا تھا۔
مدثرہ، حکم اور شفا بھی موجود تھیں لیکن بادشاہ کی اداسی نے ان سب کو اداس کر رکھا تھا۔
گانے کا آغاز ہوا، سازوں کے سُر بھی حزنیہ تھے۔ مغنیائیں بادشاہ کی خوشنودی کی خاطر اپنا سارا زور صرف کئے دے رہی تھیں آہستہ آہستہ محفل سوز و درد میں ڈوبنے لگی حرمان اور مایوسی کی کوئی غیر مرئی چادر پورے ماحول کو اپنی لپیٹ میں لیتی جا رہی تھی۔ اِن گیتوں میں طرح طرح سے یہ ثابت کیا گیا تھا کہ دُنیا کچھ بھی نہیں۔ یہاں دُکھوں کے سوا کچھ بھی نہیں۔ یہاں دنیا کی طرح کوئی بھی قابلِ اعتبار نہیں۔
محفل آہستہ آہستہ آنسو بہاتی رہی، بادشاہ اب بھی چپ تھا اور اس کی آنکھوں کے گوشے اب بھی خشک تھے۔
سب کے آخر میں بادشاہ کی ایما پر حکم نے گانا شروع کر دیا۔ کسی اندلسی شاعر کا یہ کلام حزن وملال اور قنوطیت کا اعلیٰ شاہکار تھا۔

"میں جب قبرستان کی طرف سے گزرا تو یہ دیکھ کر میرا دل بھر آیا کہ وہاں منوں مٹی کے نیچے وہ لوگ دبے پڑے تھے جن کی ناز برداریاں محبوبوں کی طرح کی گئی تھیں۔
شہر کا وہ عطر فروش، جو ہماری فضاؤں کو معطر کر دیا کرتا تھا آج قبر کے حقیر کیڑوں کی غذا بنا ہوا تھا۔
وہ رئیس، جو سخت گیری میں مشہور تھا، آج اسے مٹی چاٹ رہی تھی اور وہ بخیل جس نے حقوق العباد کے بے پناہ اتلاف کے بعد دولت کا سب سے زیادہ ذخیرہ کر لیا تھا، آج اپنے جسم کے اعضا کی حفاظت تک سے قاصر تھا۔
اس کی ناک، کان، آنکھوں اور منہ کی جگہ بڑے بڑے سوراخ باقی رہ گئے ہیں یا پھر وہ پنجرہ جس کے اندر حریص اور لالچی دل قید تھا،
میں نے ان سے پوچھا، مرنے والو! ذرا بتاؤ تم کس حال میں ہو؟ لیکن وہ جواب کیا دیتے ان کی زبانیں تو مٹی کھا چکی تھی،
میں نے ان سے کہا، اگر تم مجھ سے پوچھو کہ تمہارے بعد دنیا کا کیا حال ہے تو میں تمہیں بتاؤں کہ تمہاری خون پسینے کی کمائی کو تمہاری نالائق اولادوں نے جوئے اور شراب میں اڑا دیا۔
تمہاری بیویوں نے دوسرے شوہر کر لئے
تمہاری محبوبائیں دوسرے نوجوانوں کی آغوشیں گرم کر رہی ہیں۔
اے دنیا! تجھ پر تف ہے کہ تو کسی کی بھی نہیں
تیرا وہ ثمر شیریں جو لذت میں روح افزا ہوتا ہے اور جس کے مزے میں شیرینی ہی شیرینی ہوتی ہے اگر اس کے باطن کو چکھ سکو تو وہاں تمہیں تلخی کے سوا کچھ بھی نہ ملے گا۔
ہر مٹھاس کے نیچے تلخی چھپی ہے مٹھاس تو محض ایک فریب ہے میں نے تو یہاں تک سنا ہے کہ شہر کا سب سے بڑا مخیر اور فیض رساں جس نے ہزاروں کے دکھوں کا علاج کیا تھا، پرورش اور کفالت کی تھی بالآخر اپنے ایک سب سے زیادہ پیارے کے ہاتھوں ہلاک ہوا،
اے شاعر! اگر خدا نے تجھے ذرا سی بھی عقل دی ہے تو میرا یہ قول گرہ

میں باندھ لے۔

دوسروں پر اعتماد کرنا اچھی بات ہے

لیکن کسی پر اعتماد نہ کرنا اس سے بھی اچھی بات ہے"

بادشاہ نے ملکۂ طروب کو جس کرب ناک نظر سے دیکھا ملکہ اس کی تاب نہ لا سکی۔ اس نے سر جھکا لیا۔

بادشاہ نے طروب سے کہا۔ "طروب! پہلے میں نے یہ فیصلہ کیا تھا کہ تیری خاطر عبداللہ کو اپنا جانشین بنا دوں لیکن نصر کے عبرتناک انجام کے بعد میں نے اپنا فیصلہ بدل دیا ہے۔"

ملکۂ طروب بادشاہ کی باتیں سر جھکائے سنتی رہی۔

بادشاہ کہتا رہا۔ "تیری محبت کے پیش نظر میں چاہتا تھا کہ میرے بعد تیرے ساتھ زیادتیاں نہ ہوں، اور جس کی میں زندگی بھر ناز برداریاں کرتا رہا ہوں، میرے بعد اس کا حکمراں بیٹا اپنی ماں کی اسی طرح دل جوئی اور ناز برداری کر سکے لیکن نصر والے واقعے کے بعد میں اس نتیجے پر پہنچا ہوں کہ تیرے شر سے جب میں نہیں بچا تو دوسروں کا خدا جانے کیا حشر ہو۔"

طروب چیخ مار کر رو دی اور بادشاہ کے قدموں میں اپنا سر رکھ دیا بادشاہ نے اسے اٹھا کر ایک بار پھر اپنی آغوش میں لے لیا اور کہا۔ "تو میری زندگی میں ذلیل نہیں ہوگی، تیری جگہ میرے قدموں میں نہیں دل میں ہے۔"

اس محفل حزن و ملال میں بھی بادشاہ نہیں رو دیا۔

کچھ دیر بعد بادشاہ نے محفل برخاست کر دی۔ وہ خلوت چاہتا تھا، اس کا دل ڈوب رہا تھا۔ وہ یہاں سے اٹھ کر قصر کی بالکونی میں چلا گیا۔ بالکونی سے باہر کا منظر بہت صاف نظر آ رہا تھا۔ قصر کے باہر سڑک کے آس پاس سولیوں میں انسانی لاشے لٹکے ہوئے تھے: ور ان کی گردنیں ایک طرف ڈھلک گئی تھیں۔

بادشاہ نے ایک خدمت گار سے پوچھا۔ "یہ لاشیں کن کی ہیں؟"

خدمت گار نے جواب دیا۔ "دشمنان رسول ﷺ کی۔ انہیں بہت سمجھایا گیا کہ رسول اللہ ﷺ کو گالیاں نہ دیں لیکن یہ نہیں مانے اور خاموش رہنے کے بجائے سولی پر چڑھ جانا گوارا کر لیا۔"

بادشاہ کے منہ سے چیخ نکل گئی، وہ رونے لگا۔ "خدا کے لئے ان لاشوں کو سولیوں سے اُتار دو۔ انہیں یا تو دفن کرا دیا جائے یا پھر جلا دیا جائے، میں یہ سب نہیں دیکھ سکتا۔"

بادشاہ پھوٹ پھوٹ کر رونے لگا۔ وہ کپکپاتا ہوا بالکونی سے نیچے آگیا۔ اس کا دل ڈوب رہا تھا، آنکھیں بصارت سے محروم ہوتی جا رہی تھیں۔ دورانِ خون میں فتور پیدا ہو رہا تھا، دماغ سنسنا رہا تھا۔ اس نے اپنی عمر کے اکتیسویں سال بادشاہت سنبھالی تھی اور اب اکتیس سال حکومت کرنے کے بعد وہ پہلی بار اس شدید جان لیوا کیفیت میں مبتلا ہوا تھا۔

دوسرے دن صبح جب بادشاہ کے حکم کی تعمیل میں مذہبی دیوانوں کی لاشیں سولیوں پر سے اتاری گئیں اور انہیں جلانے کے لئے ایک جگہ رکھا گیا، اسی وقت قصر الکبیر میں بادشاہ نے ہمیشہ کے لئے چپ اختیار کر لی تھی۔ اس کا جسم قیمتی چادر میں ڈھکا ہوا تھا اور اس کے چاروں طرف سوگوار خوشبو پھیلی ہوئی تھی۔ شاہی خدمت گار عود، لوبان اور دیگر جل کر دھواں اور خوشبو دینے والی چیزیں وقفے وقفے سے اگر دانوں میں ڈال رہے تھے۔ محل میں موجود بادشاہ کے اعزاء اور معزز امرا بادشاہ کی میت کو نہلانے کفنانے کے انتظام میں لگے ہوئے تھے۔ بادشاہ کے ایک سو پچاس بیٹے اور پچاس بیٹیاں اپنے جلیل القدر باپ کی موت پر کچھ زیادہ سوگوار نہیں تھیں۔ بادشاہ کی بیگمات اس کی موت کے غم میں رونے دھونے کے بجائے اپنے مستقبل کی فکر میں آنسو بہا رہی تھیں اور طروب کو یہ غم کھائے جا رہا تھا کہ دربار کے با اختیار اور با اثر امراء اور دوسری کلیدی شخصیتیں اس کے بیٹے عبداللہ کے بجائے شہزادہ محمد کی جانشینی پر متفق ہو چکی ہیں۔

★

شہد اور گوند کے اسلوب کا ایک اور تاریخی ناولٹ

پارسائی کا خمار

مصنف : الیاس سیتاپوری

بین الاقوامی ایڈیشن جلد منظر عام پر آرہا ہے